京都伏見のあやかし甘味帖

日吉の神、賀茂の陰陽師

柏てん

宝島社文庫

宝島社

CONTENTS

もくじ

京都伏見の

京都伏見のあやかし甘味帖

日吉の神、賀茂の陰陽師

プロローグ

「なんやあれは」

「天から星が降ってきよった」

人々は、突如として現れた光の大群に驚き慌てふためいた。

月のない新月の夜。その光は、まるで天の川から星が流れて地上に向かっているかのように見えた。

「なんと面妖な……」

「あちらは艮《うしとら》じゃ。陰陽師を呼べ！」

もちろん、慌てたのは平民だけではない。御所におわすやんごとなきお方にも、怪異はすぐに奏上《そうじょう》された。

やがて人々は、その星が山から下ってきた僧たちの手にする松明《たいまつ》であると知る。

一一〇八年三月三十日。以降幾度も都人を震え上がらせることになる嗷訴《ごうそ》の、これが最初の炎であった。

賀茂河の水、雙六の賽、山法師、是ぞわが心にかなはぬもの

「平家物語　巻第一　願立」

一折
ほこら

「おはようございます……」

「おはよう」

朝の挨拶《あいさつ》の後、二人の間には微妙な居心地の悪さのようなものが漂《ただよ》う。

民泊の客と年下の家主という関係から、晴れて恋人同士という関係にステップアップしたれんげと虎太郎《こたろう》の二人。

だが、恋人と十年間の同棲生活の末に手ひどい失恋を経験したれんげと、大学生にして恋愛経験ほぼゼロの虎太郎である。

すぐさま甘やかな関係になれるはずもなく、今はお互いの出方を伺《うかが》いながら暮らしている状態だった。

特にれんげにとって、一見恋愛に奥手でそんな様子などかけらも見せなかったのに、突然抱きついてきたりキスしてきたりした虎太郎は、いつ火がつくか分からない火薬庫のようなものである。

恋愛でドキドキするような年齢でもないと自認していたのに、ここ最近は顔を見ただけでひどく落ち着かない気持ちになるのだ。

「えっと、よく眠れましたか？」

ようやく絞り出したような虎太郎の問いに、れんげは眉を寄せた。

虎太郎の質問が不快だったのではない。受けた質問の答えが否《いな》だったからである。

「やっぱりまだまだ……暑いわよね」

その答えに、虎太郎は苦笑する。

無理もない。九月に入って季節は秋に移り変わったものの、京都の残暑は特に厳しい。その上気密性の低い町家暮らしともなれば、文明の利器も頼りにはならずひたすら我慢の日々が続いていた。

虎太郎はまだ慣れているからいいが、つい半年前まで東京で季節の移り変わりにも気づかないほど仕事に忙殺されていたれんげに、この寒暖の差は辛いものがある。

気密性が低い分風が通り抜けるのはいいが、それでもやはり暑いものは暑い。

『お二人ともおはようございます。今日の朝餉《あさげ》の相談ですか⁉』

元気なのは、全身毛むくじゃらのくせに暑さを感じないらしい狐くらいのものである。クロは今日も元気に、しっぽをぶんぶんと振りながら朝ごはんに期待を膨らませ、目を爛々《らんらん》と光らせていた。

「はは、今朝はスクランブルエッグだよ」

基本的に、朝食を作るのは虎太郎の役目である。最初は別々に食事をとっていたのだが、だんだんと一緒に食事をすることが増え、いつの間にか二人＋一匹で朝食をとるのが当たり前になりつつあった。

最初は申し訳ないと思っていたれんげだったが、自分が作っても悲惨なことになるのは目に見えているので、代わりに作るとも言えず月々支払っている家賃を増額するということで二人の間では決着がついていた。

仕事を辞めてずいぶん経つれんげだが、幸い同世代女性の中では飛びぬけていい収入を得ていたため金銭的な心配はない。使い道もなくたまる一方だった貯金を切り崩して、無駄遣いさえしなければ十年は暮らしていけそうである。

それでもさすがに今のままではいけないということで、部屋探しで世話になった村田のもとで働くことにしたわけだが。

「今日は、村田さんに会うんでしたよね？」

ちゃぶ台の上に三人分の朝食をのせながら、虎太郎が言う。

確かに、働く上での説明と諸々の打ち合わせということで、今日は村田の経営する不動産会社に呼ばれていた。

村田は見た目おっとりとした京美人であるのだが、その中身は自らの目的のためならば多少の犠牲も他人の迷惑も厭《いと》わないという厄介な人種である。

商社勤務で交渉事には慎重であるはずのれんげが、いつの間にか村田の計画する町家を改装した民泊の手伝いを了承させられていたのだから、その強引さが知れようというものである。

とはいえ、京都に留まることを決めたれんげにはどうしても生活するための糧を得る手段が必要で、未経験の業種とはいえ渡りに船だった感は否めない。

「うん。契約について聞いてくる。だからそんなには遅くならないはず」

「だったら、晩御飯作っておきますね」

「いいってば。虎太郎忙しいんだから、私の食事のことまで気を回さなくて平気よ」

れんげがそう言うと、はぐはぐとスクランブルエッグを食べていた狐がどうしてそんなことを言うんだとばかりにれんげを見上げた。

さっきまでぶんぶんと振り回されていたしっぽが、勢いを失い床につく。

ご飯がなくても生きていけるはずの狐だが、虎太郎の作るご飯は大層気に入っているらしい。

虎太郎もねだられて悪い気はしないのか、おいしそうに食べるクロのことを穏やかな笑みで見つめている。

「自分の作るついでですから。食費は十分もろてるし、遠慮せんといてください」

虎太郎は穏やかな表情を崩さない。

れんげも別に虎太郎の料理が嫌いなわけではないので、そう言われると話の接ぎ穂を失ってしまう。

「それに、料理しとると息抜きになりますから」

そうなのだろうか？　そうなのかもしれない。

スクランブルエッグとわかめのお味噌汁。それにトーストという和洋折衷《せっちゅう》の朝食を口に運びながら、れんげは一応納得した。

気づけばいつも繰り返している。もはや挨拶のようなやりとりだ。

「それより、村田さんですか……変なこと頼まれへんといいですね……」

そう言って虎太郎は、先ほどまでとは違う乾いた笑いをこぼした。

彼の脳裏には、先月起こったばかりの撞木町《しゅもくちょう》での出来事があるのだろう。虎太郎が町家に取り憑いた遊女に攫われるという、変というならばこの上なく変な事件だった。れんげにとっても危惧するところは同じで、帰りは遅くならないと言いつつ何かとんでもない厄介事が起こるのではないかと危惧している。

そして悪い予想に限って、より悪い形で実現するというのが京都に来てからのれんげの常でもあった。

⛩ ⛩ ⛩

「じゃあ、契約書のは問題ありませんか？」

もはや客ではなく社員になったからなのか、村田は以前より気安い口調でそう言った。長い黒髪と黒ぶち眼鏡がよく似合う京美人だ。ブラウスの上に冷房避けのカーデイガンを羽織った姿はどう見ても事務員だが、正真正銘、彼女は不動産会社の社長である。

その名も、粟田口《あわたぐち》不動産。

「問題はないけど、どうして粟田口なのよ……」

てっきり村田のことを社員の一人だと思い込んでいたれんげは、八つ当たりするように呟《つぶや》いた。別に相手が社長であろうが一社員であろうが態度を変えることはないが、なんだか騙《だま》されたような気がして未だに恨みがましく思っているのである。

せめて村田不動産という社名であれば、社長の縁者なのではないかぐらいの類推は可能だっただろうに
すると村田は、その表情をとろけさせた。

不愛想ではないが食えない印象のある相手なので、こんな無防備な表情をされるとどうしていいか戸惑ってしまう。

「だって、粟田口が好きなんですもん」

「好き?」

さすがに予想外の答えだった。

粟田口というと、祇園《ぎおん》の東辺りの地名のはずである。少なくとも、れんげにはそれくらいの認識しかない。

確か、虎太郎と桜を見た蹴上《けあげ》のインクラインの辺りがそうだったはずだ。

「それは、地元だから好きだとかそういう――？」

不思議に思いつつ尋ねてみると、村田は首に提げた名札のストラップを指でいじりつつ、その先にぶら下がっている鎧姿のぬいぐるみを指先でつついた。店のマスコットかと思われたぬいぐるみだが、店内には他にそのマスコットを思わせるような掲示物は存在していない。

つまり、あくまで村田の私物ということだ。

「まあ、実家の近くでもあるんですけど、それだけやないんです〜」

まるで彼氏との関係を問われて恥じ入る中学生のごときである。どちらかというとしっかり者の印象が強い相手だったので、れんげは目を見開いた。

「粟田口は刀剣ファンにとっては聖地なんですよ」

あ、これは話し始めると長いやつだ。

れんげはすぐに察知した。

なにせ同居人兼恋人の虎太郎も、和菓子について語るときはいつもこんな顔をしているからだ。

「と、とうけん？」

「ええ！　御番鍛冶《ごばんかじ》も務めた由緒正しき刀工一派です。中でも鎌倉時代中期に活躍した藤四郎《とうしろう》は短刀の名手で、豊臣秀吉《とよとみひでよし》をして天下の三名工の一人と賞せられ――」

「ああ、うん、なるほど」

一度語り始めてしまうと止まらない。れんげは肩を落として相槌《あいづち》を打った。

何かに夢中になれるのはとても素敵なことだし羨ましいとも思うが、難点は語りだすと話が長くなることだろうか。

途中で水を差すのも悪い気がして、れんげはしばらく村田の熱い語りに耳を傾けていた。それで分かったのは、村田が刀剣及び刀剣を題材としたゲームのキャラクターを偏愛しており、最初マスコットかと思われたストラップのぬいぐるみも、そのキャラクターのうちの一人という毒にも薬にもならない事実だった。

村田の語りに耳を傾けつつ、れんげは再度契約書を確認してサインと押印をした。住所は虎太郎の家のそれだ。

こうして晴れて、れんげは粟田口不動産の一社員となった。

さて、しばらくして語りたい欲が収まったのか、村田はなんでも許されてしまいそうなおっとりとした笑みを浮かべて話を終了させた。その頬は興奮でうっすら上気していて、同性のれんげですらどきりとしてしまう艶《つや》を放っている。

『か、変わったおなごですな』

クロが気圧《けお》されたように言う。

虎太郎の和菓子語りにも動じないクロが言うのだから、余程だろう。

それにしても、女性で刀の好事家とは珍しい。それともれんげが知らないだけで、若い女性の好事家《こうずか》が増えているのだろうか。

ちなみに村田は二十六歳。二十九歳のれんげの方がわずかに年長である。それもあって、社員でありながら敬語は使わないでほしいと言われている。どうしてだと尋ねたら、一見さんに社長だと思われたくないからだそうだ。

村田の年齢で社長と言うとどうしても舐められる。なので基本的には社員という形で対応しているらしい。

やっぱりそのつもりで隠していたんじゃないかと、呆れた気持ちになった。

「じゃあ、私はそろそろお暇《いとま》するわ」

要件は終わったとばかりに、れんげは席を立った。長く居座っても営業の邪魔になるだけだ。

だが、そんなれんげを村田は引き留めた。

「あ、そやった。実は小薄《おすすき》さんにお願いがあったんでした」

「お願い？」

「ええ。知り合いの職人さんからのお願いで、取り壊し予定の町家におかしなものがあるから見てもらいたいと」

れんげはぎょっとした。

建築構造上のおかしなところを相談されたところで、れんげにはどうしようもできない。それは彼女も知っているはずで、ならば村田の言うおかしなものとは、十中八九あやかし関係である。どうも彼女は、れんげのことを霊能者か何かと勘違いしている節があるのだ。

「ちょっと、この間のことは運がよかっただけで、私にはお化けを祓《はら》うような力なんてないわよ」

きちんと言っておかなければと、れんげは言葉を荒《あら》らげる。

あやかしが見えないとは言わない。実際にれんげは、この京都に来て不可思議な経験をいくつもしている。

今自分の肩に乗っている狐など、その最たるものだろう。今は邪魔にならないようにとぬいぐるみのような子狐姿でいるが、クロはれっきとした伏見《ふしみ》稲荷《いなり》大社《たいしゃ》の神使であり、その姿は今のところれんげと虎太郎にしか視《み》えていない。もっとも、神に仕える神使と妖怪の類《たぐい》を一緒にしてはいけないのだろうが。

だが、視えるか視えないかで言えば視えるということになってしまう。

この視えるという事象は実は厄介で、例えばれんげはホラー映画に出てくるような幽霊の類はほとんど見ないのだ。クロ達狐や名前の知られた歴史上の偉人たちは、幽霊というより神様に近い気がする。

　更に言うと、視えたところで対処する手立てはない。

　れんげは修行を積んだ尼《あま》でもなければ、巫女《みこ》の類でもない。ただ遠い祖先に神様がいるらしいだけで、これまでは普通に生きてきた人間なのである。

　視えたのが話が通じる相手であれば多少の交渉事はできるだろうが、お経や祝詞《のりと》をあげたり特殊な力で敵を退けたりはできない。今までなんとか無事にやってこれたのは、ほとんど運と虎太郎やクロが守ってくれたおかげなのだ。

　そしてその両名を自分のせいで危険に晒すことは、れんげにとっても本意ではないわけで。村田にどれだけ期待されようとも、れんげはこの世ならざる者たちと迂闊《うかつ》に関わり合いになるべきではないと思っていた。

　もちろん、向こうからちょっかいを掛けられることもあるので、完全に避けるのは無理だと分かってはいても。

「いやわ。そんなに難しく考えんといてください。ちょっと見てくれるだけでええんですよ」

　以前より村田の口調が砕けたことで、一つ分かったことがある。

　それは、方言が強く出ている時ほど有無を言わさず相手を従わせようとしているということである。

「待って。私の仕事は笹山《ささやま》さんの町家を改装した民泊の手伝いだったはずよね」

慌てるれんげに対し、村田はにこりと笑みを深める。

「はい。ですがあの状態ではさすがに開業でけへんから、全面的な改装作業をせんと。開業準備からお手伝いいただくにしても、内装についてはコーディネーターさんに入っていただく予定なんで、今からすることって実はそれほどないんですよねぇ」

のんびりと言う村田の態度を、れんげは訝《いぶか》しく思った。

建物の改装工事なら、ふた月もあれば終わるはずだ。民泊の開業前かられんげをリクルートしたということは、宣伝やホームページ制作の手配などの準備が山積みになっているのだろうと、勝手に納得していた。

それなのに、まだ改装作業が始まっているのはなぜなのだろう。

「あれ、ゆうてへんかったですか？　町家も手掛けてる工務店さんって数が少ないですし、古材なんかも集めなあかんので諸々含めて工事が終わるのは一年以上先になりそうなんですよ」

完全に初耳である。

それでは自動的に、れんげが手伝う予定の民泊の開業は、それ以降となる。

つまりそれまで――村田の本業である不動産業の手伝いをすることになるわけで。

そしてれんげの手元には、先ほど調印したばかりの雇用契約書があった。さすがに雇用主からの依頼を、やりたくないからと言って無下にすることもできない。

早々に選択を誤ったかもしれないと思いつつ、れんげはしぶしぶ村田のお願いを聞き入れたのだった。

⛩⛩⛩

村田の知り合いというのは、市内で解体業を営む芦原《あしはら》という中年の男性だった。

指定された場所は、東西線京都市役所前駅のほど近く。御池《おいけ》通りから麩屋町《ふやまち》通りに入ってすぐあたりである。

駅が近いことからあたりには近代的なホテルと昔ながらの町家が入り混じっていて、民家に交じってレトロなカフェや料亭があちこちに散見される。

そんな中、芦原は胸にオレンジの糸で大手ゼネコンの名前が刺繍《ししゅう》されたカーキ色のつなぎ姿で、頭には黄色いヘルメットをかぶって待っていた。

「よく来てくださいました」

芦原は腰の低い男だった。

仕事ということで一応スーツでは来たものの、解体予定という町家は廃屋のごときありさまで状態は笹山邸よりもひどい。せめてもパンツスーツにすべきだったと後悔するれんげだったが、もう後の祭りだ。

芦原からヘルメットを受け取り、れんげもそれをかぶる。

案内されるまま仮囲いの中に入ると、そこには古い町家が静かにたたずんでいた。

すでに取り壊しが始まっており、漆喰《しっくい》の壁には大きな穴が開いている。

「ずいぶん暗いですね」

ついてきた狐が、不安そうに言った。

「以前からこの家をお売りいただけないかと持ち主の方に交渉していたのですが、今年の頭に一人で暮らしていた持ち主の老人が亡くなりましてね。その方にはお子さんがいなかったので、相続された親戚の方からこちらを買い取りました」

持ち主こそ変わったものの、契約は比較的スムーズに済んだらしい。事実、わずか半年たらずで持ち主を失った町家は解体されかけている。

「ここには単身者向けのマンションが建つ予定です」

いくら古い町並みを残す京都といっても、土地開発が皆無なわけではない。軒を連ねる町家からは虫食いのように、新しいホテルやマンションが突き出している。

この家もそのうちの一つになるのだろう。

戸が外された玄関から中に入ると、入り口からまっすぐに伸びている通り庭は埃《ほこり》っぽく、昼だというのにまるで夜のように暗い。

ず身震いした。

天井に空いた高窓から確かに光が注いでいるというのに、その暗さにれんげは思わず身震いした。

これは、電気がついていないからとかそういう理由ではない。独り身の家主が亡くなったばかりと聞いたせいなのか、ひどく陰鬱《いんうつ》で寒々しい気配がしていた。

まだ残暑が厳しいというのに、れんげは気づくと自分の体を抱きしめていた。

なんだかとても、嫌な気配がしていた。本能が警鐘を鳴らす。これ以上ここにいてはいけない、と。

『れんげ様～』

その時、れんげの耳にずっとそばにいるはずのクロの声がやけにか細く聞こえた。

慌てて顔を上げると、さっきまでいたはずの狐の姿がない。慌てて周囲を見回してみると、クロは玄関から中に入らず困り果てたようにこちらを見ていた。

「何してるの」

芦原に悟られないよう、心の中で問いかける。

『それが……ここから先に入れないのです。まるで見えない壁があるようで……』

そう言って、クロは己の前足でたしたしと何もない空間を叩いて見せた。まるでパントマイムのように、クロの足は玄関の戸があったと思われる部分で止まる。毛に埋もれた肉球が見えた。

普段ならふざけているのかと問い返すところだが、なぜだかその時はクロが本当のことを言っていると確信することができた。

何が起こっても、不思議ではない――そんな気配が、この家からはしていた。

そうまるで、神社にいる時のような気持ちだ。神社を陰鬱とは思わないが、騒いではいけないという厳かさについては、神社に通じるものがある。

何か、人ではないものに見張られている。そんな気がしてならず、れんげはあわただしく周囲を見渡した。

「……何か感じますか？」

それまで黙っていた芦原が、ぽつりと呟く。

まるで、この異変をあらかじめ想定していたかのように。

「寒々しい家ですね」

慎重に、れんげは返事をした。

わずかに声を出すことすら、この家の中では躊躇《ためら》われる気がした。

それ以上何も言わず、芦原は玄関を指さした。一度外に出ようという合図だ。

その証拠に、彼の足は少しでも早くこの家を出たいとでも言いたげに、小走りになっていた。

れんげもまた、そのあとに続く。

まるで家主に、出て行けとでも言われたような気分だった。残暑のさなか涼が取れると言われても、ちっともその家に残る気にはなれないのだった。

そもそも神使であるクロが入ることのできない家など、絶対に普通ではないとれんげは感じていた。

外に出ると、まるで思い出したかのように残暑の蒸し暑さがれんげを包みこんだ。心配したとでも言いたげに、子狐が体を擦り付けてくる。

れんげは、思わずほっと溜息をついた。家を出て初めて、自分の体がひどく強張っていたことに気がつく。

家の中にいたのは、時間にすれば五分にも満たないだろう。だが、実際にはもっと長く感じられたし、まるで病後のような疲労を感じていた。

「いやあ、説明するより早いだろうと思ってお連れしたのですが、やはり何か感じられましたか」

暑さのためか冷や汗か、芦原はくたびれたハンカチで額を拭っていた。

「ずいぶんと寒々しいお宅、ですね」

他になんと言えばいいのか分からなかった。

れんげは厳密には霊能者ではない。幽霊は視えない。もしこの町家に幽霊が取り憑いていたとしても、きっと感知できない。

今までの経験上、神様や妖怪の類であれば、視える。

だが、この家に関しては何も視ることはできなかった。ただ、その場にひどく居づらいと感じた。

残暑のさなか、九月とはいえ気候は決して涼しいとは言えない。

なのに家の中はひどく寒々しく感じられて、猛烈にここにはいたくないと感じた。

先ほどは芦原に促されて家の外に出たが、言われずとも、しばらくしたら自ら外に出ていたに違いない。

それほどまでに、異様だと感じられる家だった。

半壊していて不気味だとか、そういうぼんやりとした感覚では決してない。

外に出てみて初めて分かる。

この家は危険だ――。

頼まれても、もう一度中に入りたいとは思わなかった。状態は笹山邸とそう変わらないのかもしれないが、感じる忌避感が比ではない。

「いやあ、私は霊感などまったくない人間なのですが、この家はどうも苦手でして」

芦原は苦笑しながらそう言ったが、その笑みはわずかに引き攣っている。

「関係あるかは分かりませんが、この現場が決まっていた職人さんが、事故に遭ったり怪我をしたりで、工期が延びてましてね」

ただ恐ろしい印象を与えるという以外にも、どうやらこの家には工事を邪魔する見えない力が働いているらしかった。

れんげはそれらについて偶然や思い込みの類もあるのではないかと思いつつ、すべてがそうとはとても言い切れなかった。

実際、虎太郎が刺された事件にしても、実行犯は人間だがそこには目に見えない特殊な力が働いていた。

科学だけでは説明できないことが、残念なことにこの世にはあるのだ。

「でしたら、専門の――神社なりお寺なりで対処していただくべきでは？」

腕にできた鳥肌をさすりながら、れんげは言った。

何度も言うが、れんげは不思議なものを見ることはあっても、お経や祝詞で事態の収拾を図ることはできない。そのような専門知識もない。

だからこそ村田からの依頼を渋ったのであり、何度も自分にそのような力はないと表明している。

神や祖霊の祭祀《さいし》については、専門職に任せるべきだとれんげは考える。

れんげが今まで神々のごたごたに巻き込まれて無事でいられるのは、偏《ひとえ》に運がよかったからである。

そもそも、れんげだって好き好んで巻き込まれたわけではないのである。自らの身に禍が降りかかったためやむなく――ということがほとんどで、別に神様や妖怪を探して歩いているわけではないのだ。

だからこそ、こうして頼まれたからといって不可思議の現場にやってくるというのは、どうしても気がとがめる。

実際に人ならざる世界を体験しているからこそ、安易にそれらの世界に関わるべきではないと思う。

徒《いたずら》に関われば、最悪命を落とす。自分だけで済めばいいが、身近な人に累が及ぶこともある。

京都に来て、れんげが学んだことの一つである。

すでにれんげは、どうやってこの場を辞そうかということばかり考えていた。本能が、関わり合いになってはいけないと言っていた。

虎太郎やクロに影響が出てからでは、遅いのだから。

⛩ ⛩ ⛩

「こっちから裏に回れますんで」

なんとか角が立たない様にこの場を辞する方法を考えていると、芦原は仮囲いを出てれんげを町家の裏手に案内した。

隣家との間に細い私道があり、その先に仮囲いの切れ目がある。切れ目に体を滑り込ませると、そこには猫の額ほどの狭い庭があった。

庭の先には勝手口があり、その向こうに先ほど飛び出した玄関口が見える。

そして庭に鎮座する、奇妙な祠。

これが村田の言っていた「おかしなもの」であろうことは、すぐに察しがついた。

木造の小さな祠には、八つの角がある。経年から角が取れて円柱にも見えるが、それは確かに八角柱の形をしていた。それが石を削った土台の上にのせられている。

つくり自体は随分手が込んでいるように見えるが、一方で上部には朱色のトタン屋根がおざなりに被せられていた。トタンはところどころ錆びていて、施工から少なくとも十年以上は経っているに違いない。よく見ると状態は劣悪で、木造の本体部分はところどころが腐り落ちていた。

「ひぃ」

あちこち嗅《か》ぎまわっていたクロが、恐れをなしてれんげに飛びつく。

そしてれんげもまた、その建物から強い威圧感のようなものを感じていた。蛇に睨まれた蛙というのは、おそらくこんな心境に違いない。

「これは……」

「おそらく屋敷神《やしきがみ》の類だとは思うのですが、何を祀《まつ》ったものかまでは」

屋敷神とは、その名の通り家と土地を守る神である。

最近ではほとんど見ることもなくなったが、旧家であれば自宅の敷地内に屋敷神を祀っている家もまだまだ少なくない。

ならばこれは――祠なのか。

れんげはその事実にもう一度驚いた。

神を祀っているというのならばあまりにも、扱いが粗末だ。どう贔屓目《ひいきめ》に見ても、大事にされているようには見えない。

老人の一人暮らしでは手入れが行き届かなかったのかもしれないが、それでも朽ちかけた祠を見ると胸が痛む思いがした。

神様が身近なれんげだからこそ、そんな感想を抱くのかもしれない。

「どうですか？」

黙りこくるれんげに耐えかねたように、芦原が言う。

「どうですか、とは？」

「いやあ、粟田口さんから小薄さんは不思議なものが視えると聞いたので。何か視えますか？」

やっぱり霊能者扱いされていると、れんげは大きなため息をついた。

「いいえ。残念ながら」

本当は残念でもなんでもなかったが、一応そう付け加えておく。

ここで芦原に対して霊能者ではないと否定したところで、八つ当たりにしかならないことは分かっていた。

「そうですか……」

残念そうに、芦原は肩を落とした。

「あの、私のような者を呼ぶのではなくて、本職の方をお呼びした方がいいのではないでしょうか?」

れんげは己の常識に則《のっと》って、意見を述べる。

加持祈祷の効果を明確に述べることはできないが、それでも工事に従事する人々の気が晴れるのであればするべきだろうと思うのだ。

こんなどこの誰とも分からない素人など案内してないでと、喉の奥まで出かかった言葉はきちんと飲み込んでおいた。

だが、れんげの提案に芦原は表情を曇らせる。

「お祓いはしていただいたんですよ。ですがそれでもだめで。むしろ、お祓いをするごとにどんどん状態が悪くなる一方で」

驚いたことに、れんげの前にもこの現場には神主から僧侶から、果てには自ら動画配信しているような怪しい霊能者まで、思いつく限りを試しているのだと芦原はため息交じりで教えてくれた。

「本当はとっくに取り壊しが終わってないといけないんですが、このありさまで。こちらとしては藁《わら》にも縋《すが》る思いで小薄さんをお呼びしたんです」

憐れみを誘う口調で言われても、藁呼ばわりされた側としてはなんだか腑に落ちない。

いや、だからといって期待されても困るのだが。

「村田の方から初めに説明があったと思いますが、私には本当にそんな特殊な能力はないんです」

だから諦めてほしいと話を続けようとしたところで、れんげは思わず息をのんだ。

なぜか。

それは、女がこちらを見ていたからだ。

工事現場の仮囲いの中には、れんげと芦原しかいない。女など、いるはずがない。だというのに、その女は確かにれんげを見ていた。朽ちかけた祠の上から、憎しみと悲しみを感じさせる目で。

顔は、ない。

目以外のパーツは、黒く潰れてしまっている。

そのおどろおどろしさに反して、服装はきらびやかだ。頭の上には、花弁を模《かたど》った金の飾り。輪のように結われた、特徴的な髪型。赤い大袖を纏《まと》い、まるでおとぎ話に出てくる天女のように、白い領巾《ひれ》を垂らしている。

「目を見てはなりません！」

クロにそう言われて初めて、れんげは自分がその女の目を凝視していたことに気がついた。

金縛りが解けたかのように、慌てて目をそらす。

だが遅かったようだ。

「だれじゃ」

女は確実に、れんげに語りかけていた。

黙っていると、白い領巾が伸びてれんげの首に巻き付いた。

そのままきりきりと、締め上げられる。女は身じろぎすらしていない。領巾がまるで生き物のように、れんげの首を締め上げていく。

「れんげ様！」

黒い毛玉が瞬く間に膨れ上がり、オオカミのように大きな狐が現れる。クロはすぐさまれんげの首元に飛びつき、己の牙で領巾を噛み切ろうとした。

鋭い牙の隙間から、息のように炎が噴き出す。決してれんげを傷つけることのない、クロの炎だ。

それと同時に、れんげの額も熱を帯び始める。

額に刻まれた契約の証が、クロの感情に呼応しているのだろう。

しかし一見容易《たやす》く千切れそうな絹の領巾は、炎を吹き付けられようと一向に揺るがなかった。呼吸が止められ酸素が供給できなくなり、どんどん意識が薄れていく。

れんげもこのままではまずいと思うのだが、どうすることもできない。

本格的に死を意識したその瞬間——クロの頑張りにより領巾が千切れた。

ようやく解放されたれんげは、突然供給された酸素に激しくせき込む。その隣でクロは、祠の上に陣取った女を睨み唸りを上げていた。

「グルルッ！」

クロの怒りを表すかのように、唸る牙の隙間から断続的に炎が吐き出されている。

女は燃え上がる領巾を忌まわしそうに捨て去ると、袖口で口元を押さえた。

その視線はいまだれんげを見据えたままだ。黒い瞳は、見ているとまるで深淵を覗《のぞ》き込んでいるような気持ちになった。光のない、どこまでも昏《くら》い眼差し。

「……くちおしや」

呟くように、女は言った。

音ではない。頭に直接響くような声だ。

そして女は、突如として滂沱《ぼうだ》と涙を流した。こちらを睥睨《へいげい》しながら悲しみに泣き濡れている。

その違和感に、声を上げることもできずれんげはただじっと女を観察していた。

「いま、いましい。にににんげ、にんげ。口惜しや、くちおおしやぁぁぁ」

どうやら女は、深い恨みを抱いているようだった。その憎悪の深さに、れんげは背筋がぞくりと粟立った。

「わをおと、おとしめ、すておいたぼうずどもっ。わすれぬ！　わすれぬぞぉぉ！」

そして女は、絶叫した。

れんげは思わず耳をふさぐ。

音を遮断したところで頭に響く声はなくならないのに、そうせずにはいられなかったのだ。

その声はあまりに恨みや憎しみで満ち溢れていて、聞いていると頭がおかしくなりそうだった。

「うぐぅ」

本来の姿に戻ったクロが、女のあまりの剣幕に気圧《けお》されている。

やはりこの女は、ただの悪霊の類ではないようだ。神使であるクロの行く手を阻み、威圧だけで大人しくさせる存在などそうそういてたまるものか。

もうクロは以前のクロではない。何も知らなかった子狐ではないのだから。

「れんげ様！　この場は危険ですっ」

れんげの前に立ちはだかるクロが、耐えかねたように言う。決してその場を引こうとはしないが、その長い尾は垂れ下がり後ろ足の間で丸まっていた。

長居は無用だと、れんげは芦原を探した。

するとと芦原は、棒立ちになって唖然としたようにこちらを見ている。

「芦原さん！　ここを出ましょう」

声をかけると、芦原は我に返ったようだった。れんげが仮囲いの隙間から外に出ようとすると、足をもつれさせながらついてくる。

クロはれんげを庇うように後退し、じりじりと敷地の外に出た。細い私道の路地で、れんげは「ぜえはあ」と肩で息をする。

「ええと、ご無事ですか？」

呼吸を整えたれんげは、顔をひきつらせている芦原に声をかけた。一体彼の目には、先ほどの出来事がどのように映ったのだろうか。

「ええと、小薄さん」

ひどく言いづらそうに、芦原は言った。

「その首、どうなさったんですか？」

れんげの首には、まるで蛇が締め上げたかのような鱗《うろこ》の痕《あと》が、くっきりと残されていたのだった。

虎太郎の甘味日記　～月見団子編～

九月の和菓子は月見に関係するものが多い。理由は明白で、十五夜があるからだ。

十五夜とは、陰暦八月十五日の夜のことを言う。陰暦の秋は七月から九月だが、七月は孟秋《もうしゅう》。八月は仲秋《ちゅうしゅう》。九月は季秋《きしゅう》と呼ぶことから、八月の十五夜は仲秋の名月と呼ばれるようになった。

お月見はそもそも、中国の仲秋節がもとになっている。本国では月餅《げっぺい》を食べるが、平安時代の日本では里芋を煮て食べた。ゆえに十五夜は、芋名月とも呼ばれる。

京都の月見団子は、この芋に少し似ている。

虎太郎はスーパーで買ってきた白玉粉に、少しずつ水を加えながらよくこねる。

晩御飯の食材を買いにスーパーへ行って、ちょうど月見団子用の白玉粉が売られているのを見て、自分で作ることに決めた。

和菓子オタクなので、京都の団子が関東のそれと違うことはもちろん知っている。

おそらく京都の月見団子を知らないはずのれんげに、見て、驚いて――喜んでもらいたかった。

海老芋《えびいも》のような独特の形に成形し、お湯でゆでる。

ぐつぐつと煮たてた鍋の中で、白い団子がまるで踊るように浮かび上がってくる。

水けをきって冷ましたら、市販のあんこを巻いて出来上がりだ。

まだ祖母が存命だった頃、十五夜の夜には必ずこの団子を作ってくれた。団子に餡子を巻いただけの月見団子が、虎太郎は大好きだった。花より団子ではないが、満月よりも団子にばかり気を取られて、祖母に笑われたほどだ。

虎太郎が住んでいた地域にはお月見どろぼうの風習が残っていて、十五夜の夜になると子供たちはめいめい外に繰り出して、家々を回り団子をもらうのだった。

なぜどろぼうかと言えば、昔は縁側に出された団子を子供が盗むという行事であったらしい。

けれど元来人見知りな虎太郎は、そういう行事であると知っていてもなかなか参加することができなかった。

月に照らされているとはいえ、街灯の少ない夜道を出歩くのは怖かったし、知らない大人に声をかけるなんて、とてもできそうになかったからだ。

そんな自分が今は接客業界を目指しているのだから、人生とは分からないものだと虎太郎は思う。

新たな夢となった百貨店のバイヤーを目指すため、虎太郎は現在京都に出店しているほぼすべての百貨店の二次面接に応募していた。

大学院に進むつもりでいたので、就職活動は同級生たちよりもかなり出遅れている。同時に貯金をはたいて教習所にも通っているため、虎太郎の財政状況とスケジュールはパツパツの状態だった。

それでも、思わず顔がにやけてしまうのはれんげへの恋心がなせる業《わざ》なのか。

こうして料理をしてれんげの帰りを待つのも、ちっとも苦ではない。家族の縁が薄かった虎太郎にしてみれば、むしろ心が浮き立つような時間である。

お皿に並べた月見団子は、早く早くと出番を待つようにお行儀よく並んでいる。

「ただいま」

ガラガラと音がして、玄関が開く。

れんげが帰ってきたのだ。

喜び勇んで、虎太郎は恋人と黒狐を出迎えた。

本来であれば、お手製の団子を見せてれんげを驚かせるつもりであった。

――ところが。

「なんですかそれは！」

れんげの惨状に、虎太郎は絶叫した。

白く細い首には、まるでタトゥーでも入れたかのように黒いパイソン柄が浮かび上がっている。

虎太郎の反応に、れんげは疲れ切ったようなため息をついた。

「ああ、これは……食べながら話すわ」

「ごはん……ごはんです虎太郎殿」

れんげの後に続いて家に入ってきたクロも、しっぽをブランと垂らしひどく疲れた様子だ。心なしか、朝より毛艶がなくなっている気がする。

「お、おう……」

虎太郎は疲れ切った一人と一匹のために、慌てて準備しておいた夕食を並べた。その間に、れんげが手洗いを済ませる。首の痕以外特に変わったところはないようだが、だからと言って安心できるはずがない。

「それで、何があったんですか？」

「それが……」

れんげの説明は、驚くべきものだった。

なんと、民家の祠に女性の霊が現れて、首を絞められたというのだ。そして、気づくと妙な痣《あざ》が浮かび上がっていたのだという。

今日は新しく就職した会社の社長の指示で、洛中《らくちゅう》のとあるお宅にお邪魔するという話だった。

大方町家のリフォームについての研修だろうと思っていたが、まさかあやかし関係の話だったとは。

れんげの問題には積極的に介入すると決めている虎太郎にしてみれば、忸怩《じくじ》たる思いである。

「帰ってくるまで、すれ違う人にじろじろ見られるし、もうさんざん」

ひどい目に遭《あ》ったという割に、煮物を口に運ぶれんげはあまり気にしていないように見えるところが恐ろしい。

「れんげさん。一歩間違えば死んでたかもしれないんですよ？　少しは警戒してください」

大変な事件に巻き込まれ過ぎて感覚がマヒしているのかもしれないが、危ないことはしないでほしいというのが虎太郎の偽らざる本音である。

「俺も協力しますから、危ないことはせんといてください」

もはや祈るような気持ちであった。

「うーん、でも忙しいでしょ？」

「それとこれとは話が別です！」

虎太郎は大声で言い切った。

普段大声で話すようなタイプではないが、なんでも一人で片付けようとするれんげにはこれぐらい主張しなければならないと学んだ結果である。

そしていつもならここで虎太郎に加勢してくれるはずのクロが、今日はやけに大人しい。

「クロ？」

虎太郎が声をかけると、子狐は項垂れるように小さくなった。

「我がついていながら……面目ない」

どうやら、クロはれんげを危険な目に遭わせてしまったと落ち込んでいるらしい。

慰めてやりたいが、どんな言葉をかけていいか分からず虎太郎は口ごもった。

気まずい沈黙が食卓を支配する。

このままではいけないと虎太郎は急いでキッチンに行き、先ほど作った月見団子をテーブルの上に置いた。

れんげもクロも、驚いたように目を見開いている。

少し予定とは違ってしまったが、どうやら驚かすことはできたようだ。

「今日のデザートは月見団子ですよ」

「月見団子？　これが？」

やはり思った通り、れんげは関西風の月見団子を知らなかったようだ。

「あんこを巻いているのですか！」

さっきまで落ち込んでいた狐が、興奮したようにしっぽを振る。

どうやら元気づけることに成功したようだ。

「今日はお月見ですよ」

そのあと、縁側に月見団子をお供えし、二人と一匹で仲良く頬張った。

虎太郎は、このしっかりしているはずなのに時々抜けている恋人のことを、改めてきちんと見ておかなければと決意する。失ってからでは遅いということを、家族の縁が薄い虎太郎はつくづく思い知っている。

古来伏見は、月見の名所として知られていた。当時と同じ月が、そんな彼らを優しく照らし出していた。

二折

めのかみ

とりあえず、見てきたからには報告せねばなるまい。

そう思い、例の祠を見た翌日れんげは粟田口不動産に向かった。どうしても目立ってしまう首には、シフォンのスカーフが巻いてある。

今日は何があってもれんげを守るとばかりに、クロは朝から意気込んでいる。

虎太郎に激励されたことも、原因の一つだろう。今日も村田と話をつけるといって虎太郎がついて来ようとしたので、慌てて止めたほどだ。

なにせ、職場に行くのに彼氏が付き添ってくるなんて恥ずかしすぎる。

どうしてもあやかしとの関わりができてしまうれんげを積極的にサポートしようとしてくれているのは嬉しいが、こちらにもプライドがあるのだ。

それに何より、就職活動で忙しくしている虎太郎の手を煩《わずら》わせたくない。

それらの事情もあり、虎太郎が朝からクロにくれぐれもれんげを守るようにと言いつけたせいで、この黒狐は気合十分なのだった。

営業時間より早く出勤すると、予想通り村田はすでに出勤していた。

何やらファックスのプリントアウトを仕分けていたらしい彼女は、れんげの姿を見て取ると慌ててカウンターから飛び出してくる。

「小薄さん！」

その勢いにこちらが面食らってしまい、出鼻をくじかれてしまった。

「芦原さんから聞きました。大丈夫ですか？」

見ると、村田は睡眠不足らしく目の下に隈《くま》ができていた。

強引なところのある村田だが、こんな顔をされては憎めない。だが、祠を見に行った結果何が起きたのかということを、報告しないわけにもいかない。

「大丈夫……かどうかはまだ分からないわね」

れんげはそう言って、首に巻いていたスカーフをほどいた。

昨日刻まれた鱗のような痣は、今日も変わらずそこにある。今のところ他に異常のようなものはないが、だからといって放っておくことはできない。

れんげの痣を見て、村田も顔色を変えた。

「それ……」

「変なのに絡まれちゃって」

そういうより他ない。なにせ、れんげの首を絞めた女は素性を明らかにせず姿を消してしまった。

「一体、何があったんですか？」

れんげは昨日の出来事を一通り説明した。一度虎太郎に説明したので、要点は整理できている。

れんげの話に、村田は真剣な様子で聞き入っていた。

「それで、芦原さんから連絡はあったの？」

昨日はれんげも動転していたので、芦原と詳しい話もせず家に帰ってしまった。あの女のことが芦原にも見えていたのか、今までにも似た事例はあったのか、確認しておくべきだったと気づいたのは今朝になってからだ。

「はい、でも芦原さんから聞いたんは、れんげさんが突然苦しみだして、それが収まったと思ったら首に変な痕がついてたってだけで、れんげさんが見たっていう女性については何も……」

つまり、芦原にはあの女の姿が見えていなかったということだ。

現在、例の女の正体を掴むにはあまりに情報が足りない。第三者から証言があればあるいはという思いがあっただけに、れんげは肩を落とす。

「これから、どうしはりますか……？」

こちらの様子をうかがうように、村田が言った。

怖い思いをしたのなら、もうこの件に関わらなくてもいい。彼女はそう言いたいのだろう。

だが、れんげとしてはすでに首に痣がつけられてしまったわけで、さすがに何もなかったことにはできない。

今は痛みもなくハードなタトゥーと間違われるぐらいの被害しか出ていないが、放っておいても大丈夫という保証はどこにもないのだ。

「乗りかかった舟よ。まずあの祠がどういうものなのか調べて、対処できるようなら対処します。その代わり――」

「その代わり？」

「もし解決できたら、成功報酬はたっぷりいただきます！　村田さんからのボーナスも、期待していいですよね？」

これくらいの嫌味は許されるだろう。れんげはいかにも悪人じみた笑みを作った。村田はぽかんと口を開けている。そんなことを言われるなんて、想像もしていなかったに違いない。

「それから、私はしばらくこの件でこちらには来られないと思いますが、出勤扱いにしてください。なにせ、芦原さんの依頼は社長がお請けになったんですから、仕事の一環と考えて差し支えありませんよね？」

敢えて敬語を使うことで、れんげは雇用主に対して圧力をかけることを忘れなかった。今後も似たような依頼を持ってこられては困ってしまうからだ。

何度も言うが、れんげは霊能力者でもなんでもないのだ。神は恐ろしい存在で、迂《う》闊《かつ》に関わるべきではないと心底分かっている。

例の女は崩れかけていたとはいえ祠に祀られていた。それに、昼間から姿を現し、芦原の目には映らなかったもののれんげの首に痣まで残したのだ。

小薄様こと宇迦之御魂神《うかのみたまのかみ》の子孫であるれんげだ。そして傍《そば》にはクロもついていた。

あの時、クロはれんげを守るため領巾を嚙み切ろうとしたが、叶わなかった。

つまり相手は、ただの妖怪の類ではない。もっと強い力を持った者——すなわち神であるという結論に行きつく。

けれどそれは、村田には話す必要のないことだ。

「小薄さんも、ちゃっかりしてはりますね」

呆れたような、けれど少し安堵したような顔で、村田は言った。

会社の社長で、相手を無理やり納得させてしまうような押しの強さはあっても、彼女はまだ大学を出て少し経っただけの女の子なのである。

これ以上責任を感じさせる必要はないと、れんげは思う。

「知らなかったの？」

村田と話したことで、れんげはすっかり自分のペースを取り戻したのだった。

⛩ ⛩ ⛩

さて、そうと決まれば早速調査だ。

例の女神《めのかみ》が一体何者であるのか、知る必要がある。

れんげは村田や芦原の協力を得て、あの祠の来歴について調べることにした。

だが、これがなかなかに難しい。

芦原は最初に言っていたように、あの祠について詳しいことは何も知らなかった。

有力な情報を持ってきたのは、村田の方だ。ちなみに、危険なので彼女には例の祠に近づかないよう言ってある。

白菊《しらぎく》ではないが、女神の中には同性を好まない者が多い。

「例の祠について知ってはる人がなかなか見つからへんかったんですが、近所に住んではったっていうおじいちゃんをやっと見つけたんですよ！」

首に鱗の痕がついて一週間ほど。十月に入りすっかり秋めいてきたある日、手がかりが見つかったというので事務所を訪ねると、村田が鼻息も荒くそう言い放った。

その勢いは、思わずれんげがたじろいでしまうほどだ。

ちなみにれんげの方はと言えば、連日図書館に通い特徴的な八角の祠について調べていた。分かったのは、八角の祠が全国的に見てもかなり珍しいということと、阿弥《あみ》陀《だ》仏《ぶつ》や観《かん》音《のん》菩《ぼ》薩《さつ》を祀っていることが多いということぐらいだ。

しかしあれは、どう考えても女の神だった。服装や髪型は奈良時代のそれに似ていたし、どうにも神道の内の一柱のように思われる。

すっかり宗教の分類について詳しくなりつつある自分が悲しくも、れんげはあの女神の正体を解き明かすために、別の角度から調べるべきかと思い始めていた。

痣は、消えることなくいまだにれんげの首に絡みついている。しかし痛みが出るわけでもなく、あれから体に不調を覚えるといったこともない。

工事に携《たずさ》わった人たちが体調不良を起こしたという話を聞いていたので、思ったより実害が少ないことに驚いているくらいだ。

もっとも、れんげの痣を見るたびに虎太郎が痛ましげな顔をするので、早く消えるに越したことはないと思ってはいるが。

「小薄さん。聞いてはりますか？」

つい考え事をしてしまい、上の空になっていた。

村田は不満げな顔でこちらを見上げている。

「ああ、ごめんなさい」

せっかく協力してくれているのに、へそを曲げられては困る。れんげは素直に謝った。

「ええとそれで……あの辺りに住んでたおじいさんがどうとかって」

「そうです！　父の知り合いが、あの辺りに住んではったらしくて、昨日言ってお話を伺ってきました」

村田は興奮した様子で、眼鏡の奥の瞳をきらきらと輝かせた。

どうやら仕事の合間を縫って、直接話を聞きに行ってくれたらしい。東京出身のれんげではそのような相手を探すツテはないので、彼女の行動力やツテは正直なところありがたい。

「はい。そのおじいちゃんは九十歳で今は介護施設に入居されてるんですが、言葉はっきりしてらっしゃって。おじいちゃんが子供の頃から、あの家には不思議な祠があったそうです。あの家の先代――つまり亡くなったご老人のお父さんにあたる方ですが、その人から直接聞いたことがあるそうです。あれは三宮様《さんのみや》を祀る祠だと」

「三宮様?」

れんげの問いに、村田はゆっくりと頷《うなず》いた。

「どういう来歴の神様かは、分からへんそうです。ただ、あの家の人たちは祠の神様を三宮様と呼んでいたと」

三宮という神に、聞き覚えはない。

だが、そもそも知らない神の方が多いくらいなのだ。例の女神の正体を知るきっかけくらいにはなるだろう。

「なるほどね。じゃあとりあえず、それを手がかりに調べを進めていきましょう」

そう言うと、先ほどまでと違い村田は残念そうに肩を落とした。

「すいません。他には何も分からなくて……元から、住んでいた人たちも何の神様か分からずに祀っていたようです。ただ、火事でも洪水でも決してなくならない、姫神様だったと……」

己の力不足に打ちのめされる村田だったが、れんげはそれどころではなかった。

「待って、姫神様って?」

「え?」

「今、姫神様って言ったわよね?」

その言葉に価値を見出していなかったのか、村田は眼鏡の奥で目をぱちぱちと瞬かせていた。

「そやかて、小薄さんも見たんは女の神さんやったって、ゆうてはりましたよね?」

そうだ。あの祠の神は女性だったのだ。

祭祀が不十分なためか、それとも取り壊しが決まっているからか、姫神の機嫌はずいぶんと悪かった。

「姫で蛇が関係するゆーたら、ぱっと思いつくんは清姫《きよひめ》ですけど」

れんげの首元に巻かれたスカーフを見ながら、村田が言う。

「清姫?」

「ええ。歌舞伎とかにもなっとって、有名ですよ。イケメンの安珍《あんちん》ってお坊さんに恋をした清姫が、大蛇になってお坊さんを鐘ごと焼き殺すんです」

村田が語ったのは、陰惨な伝説だった。

だがその思い込みの激しさならば、突然れんげの首を絞めたことにも納得がいく。

だが――。

「待って。それって何時代の話なの？」

「え？　ええと……平安時代くらいでしょうか」

「それじゃあ違うと思うわ。あれから調べてみたんだけど、祠で見た神様の服装は奈良時代のそれに近かった。つまりかなり古い神様ってことよ。それに、私の首を絞めている時、その神様は『すておいたぼうずども』って言ったの。その清姫だったとしたら、普通恋をしたお坊さんの名前を呼ぶのが普通じゃない？」

れんげの見解に、村田は何かを考え込むような顔になった。

腕組みをして首を傾げ、ボールペンでこつこつと自分のこめかみを叩いている。

「その神様は間違いなく、『捨て置いた坊主ども』って言いはったんですか？」

ことさら真剣な顔をして、村田は言った。

『我も覚えています！　確かにそう言ってましたぞ』

退屈そうにしていたクロが、ようやく自分の出番だとばかりに叫んだ。

あの時れんげは首を絞められて朦朧《もうろう》としていたのだが、一緒にいたクロがそういうのなら間違いないだろう。

れんげが頷くと、村田が一拍置いて意を決したように口を開いた。

「それはもしかして……嗷訴《ごうそ》の祠と違いますやろか？」

「ごうそ？」

れんげの問いに、村田は怖い顔をしてゆっくりと頷いた。

「はい。小薄さんも学校の授業で習ったことがあるかもしれませんが、平安時代以降延暦寺《えんりゃくじ》の僧たちは、朝廷への訴えとして幾度も嗷訴を繰り返しました」

「ちょ、ちょっと待って！　延暦寺って、比叡山《ひえいざん》にあるあの延暦寺よね？　有名な」

いくら歴史や地理に疎いれんげでも、比叡山延暦寺の名前くらいは知っている。けれどその認識は、古くからある有名なお寺ぐらいのものだ。なので嗷訴などと言われても、すぐさま理解できるはずがなかった。

「そうです」

「そのごうそって何なの？」

一番の疑問はそれだ。平安時代の僧侶たちが何かをを訴えるために行った行動だということは分かったが、具体的にどんなものであったのかは皆目見当がつかない。

すると、混乱するれんげに村田はカウンターの丸椅子を示した。

れんげが不思議に思いつつ着席すると、村田は入り口看板を裏返してクローズにし、自分はカウンターの中に入ってれんげと向かい合う形になった。どうやら長い話になるらしい。

勝手に営業を終了してしまうのはどうかと思ったが、村田の話に興味があったのでれんげは黙って話の続きを待った。

「嗷訴ゆうんは、えーと、比叡山のお坊さんが朝廷に抗議がある時に、お神輿《みこし》を担いで朝廷に乗り込むことです」

村田はできるだけ簡潔にまとめようとしたようだが、それだけでは何が何やら分からない。

「待って。何から聞いていいかわからないけど……まず、どうしてお坊さんがお神輿を担ぐわけ？　お神輿って神社のお祭りで担ぐものでしょ？」

れんげの脳裏に浮かぶのは、七月に見た祇園祭の神輿である。あれは八坂《やさか》神社から出ているお神輿だった。読んで字のごとく、神輿とは神を運ぶものだ。御仏を運ぶ神輿など聞いたことがない。

「神仏習合って知ってはりますか？　明治に入って廃仏毀釈《はいぶつきしゃく》運動が起こるまで、日本の神社とお寺はそれぞれに共生しあっていたんです。神社の敷地にお寺があったり、その逆もありました」

廃仏毀釈という言葉は、れんげも知っている。

八坂神社で出会った牛頭天王《ごずてんのう》は、日本の神である素戔嗚尊《すさのおのみこと》と混ざり合っていた。かつて祇園社と呼ばれていた八坂神社からは、廃仏毀釈によって主祭神である牛頭天王が捨て去られることとなった。

それでも、連綿と祇園祭を守り続けてきた町民は、毎年牛頭天王の掛け軸を飾ってかつての信仰を今に伝えている。

「滋賀《しが》県の大津《おおつ》市に、日吉大社《ひよしたいしゃ》っていう神社があります。ここには多くの神様が祭られていているんですが、比叡山の産土神《うぶすながみ》で、最澄《さいちょう》の昔から比叡山の守り神として篤《あつ》く信仰されてきました。つまり、仏教の僧侶たちも神社の神様を崇敬していたんです」

「なるほど、お坊さんがお神輿を担ぐのは分かった。でも、どうして朝廷に抗議するのに、お神輿を持参するわけ？　ようは抗議デモなんでしょ。大切なお神輿が何かの拍子に傷ついたりしたら、大変じゃない」

れんげの言葉に、村田は我が意を得たりとばかりに悪い笑みを作った。

「それですよ、れんげさん」

「え？」

「僧侶たちはお神輿を傷つけてほしかった——とまでは言いませんが、お神輿を担いでいくのには理由がありました。当時のお坊さんは、今と違って武力行使を辞さなかったので、戦意を高揚させる役割ももちろんあったでしょう。けれどももっと重要なのは、このお神輿は山を下りただけで穢《けが》れるゆうことです。一度穢れたら新しく作り直すしかありません。その新造の費用は、朝廷が支払わなければならなかったんです。一基新造するのに、千貫文《かんもん》。当時は一石《いっこく》一貫文ぐらいですから、一〇〇〇石！　一石は一人の人間が一年間に食べる米の量ですから、つまり一基下りてきたら千人養える米が吹っ飛んだんです」

歴史のことを話しているのが楽しいのか、村田の鼻息が荒くなる。

「しかも！　日吉大社には当時七基のお神輿がありました。七基全てを担いでくることは少なかったようですが、それでも単純計算で七×一〇〇〇石。七〇〇〇人を養える額ですよ？　朝廷からしてみれば、たまったもんやないですよ。だから当時は、お神輿が下りてくる前に、朝廷側が折れた場合もあったみたいです。なんせ栄華を誇った白河法皇《しらかわほうおう》ですら、自分の思い通りにならないのは賀茂川の洪水とサイコロの目、それに比叡山の坊さんだって言ったくらいです。ほんま天災みたいなものですよ」

圧倒されているれんげのことなどお構いなしで——もちろんクロも圧倒されていたが——村田は満足そうなため息をついた。どうやら語りたいことは語り終えたらしい。

「そ、それで……その抗議デモとあの祠と、どう繋がるわけ？」

れんげが知りたいのは、あの女神の正体である。間違っても、平安時代のお坊さんがどれだけ無茶苦茶だったかということではない。

「ああ、それはですね」

そう言うと、村田は手元のスマホを操作し始めた。

村田の剣幕にビクビクしていたクロだが、それでも興味があるのか彼女の手元を覗きに行く。

「その祠、八角形やったってゆうてましたよね」

「そうだけど……」

「もしかしてそれって、これとちゃいますやろか」

その言葉と一緒に差し出されたスマホの画面には、屋根に金箔の張り付けられた豪華な、八角形の神輿が映し出されていた。

「確かに八角形なのは一緒だけど、でもそれだけじゃ――」

「でも、その祠のあるお家って、白山《はくさん》神社の近くでしたよね？」

聞き覚えのない神社の名前に、れんげは首を傾げる。

村田は更にスマホを操作し、画面に京都の地図を出した。

ピンが挿されているのは、例の祠がある町家の場所だ。

そして村田の白い指が画面をピンチアウトすると、鳥居のマークと一緒に白山神社という文字が現れる。その場所は、例の町家があるのと同じ麩屋町通り沿いだ。

「この白山神社は、嗷訴で捨て置かれたお神輿を祀ったのが始まりやとゆわれとるんですよ」

⛩ ⛩ ⛩

粟田口不動産を後にしたれんげは、なんとなく腑《ふ》に落ちないものを感じながら村田に教えられた白山神社へと向かった。

そもそも白山神社とは、石川《いしかわ》県白山《はくさん》市にある白山比咩《しらやまひめ》神社が総本宮となる。ひめの名の通り、その主祭神は白山比咩大神と呼ばれる女神だ。

だが、二百キロ以上離れた白山比咩神社と嗷訴がどう関係してくるのかと言うと、はじまりは一一七七年にまで遡る。

時の権力者後白河法皇は、おのが寵臣《ちょうしん》の息子を加賀国《かがのくに》の代官に任命した。この代官が、土着の宗教者であった白山の神人《じんにん》たちと揉め、かれらの拠点である寺に火を放った。怒った神人たちは代官を追い出したが、それだけでは怒りは収まらぬ。代官他の処罰を求め、佐羅《さら》早松《はやまつ》の神輿を担ぎ、京の都へとやってきた。一行が向かったのは、比叡山延暦寺。なぜかといえば、神仏習合によって白山神社は同時に比叡山の末寺でもあったからだ。

白山の神輿は比叡山の神輿に護《まも》られるように山を下り、内裏を目指した。松明を持つ僧たちが山を下りてくる様は、まるで天から星が落ちてくるかのようだった。

慌てたのは後白河法皇である。急ぎ事件の根源となった代官たちを処分し、比叡山との融和を図った。

目的を達成した白山の神人たちは、穢れた神輿を捨て加賀国へと帰っていった。捨てられた神輿は一基ではない。帯同していた比叡山の神輿もやはり捨てられてしまった。穢れたとはいえ、神輿に乗せられた神は健在である。

何よりこの白山の神、よく祟る。

これこそが、時の権力者たちが嗷訴を恐れた理由である。神輿の新造も頭が痛いが、それ以上に捨て置かれた神に祟られたくなかった。禍《わざわい》を恐れたのだ。

そんな神の神輿を町中に捨てていったのである。当然その地に住む人々は慌てた。粗末な扱いをして、自分たちが祟られてはたまらない。なので京の人々は、捨て置かれた神輿の神を自分たちで祀った。それが今の白山神社なのである。

だが、れんげの目に映ったのはそんな遺恨など感じさせない、狭いがよく手入れされた神社だった。

近代的なホテルの隣に、住宅地に埋もれるようにしてひっそりと、白山神社は存在していた。

くだんの祠と同じ嗷訴に用いられた神輿を祀ったにしては、こちらはずいぶんと穏やかで平和的に感じられる。

だが確かに来歴を伝える立て札には、嗽訴のことが語られていた。今は歯痛に霊験あらたかな神社として信仰されているらしい。時代が変われば、神の性格も変わる。

結局のところ、白山神社で例の祠に関する情報を得ることはできなかった。偶然氏子の女性がいて話を聞くことができたが、立て札に書いている以上のことは分からないとのことだった。

なんだかやけに疲れた気分になり、れんげはそのまま家路を急いだ。

虎太郎の甘味日記　～梅園編～

その日、虎太郎は疲弊していた。

理由はいくつかあって、またあやかしと関わり合いになっているれんげが心配なことや、けれど頼りにされないことへの不満。自分はそんなに頼りがいがないのだろうかという不甲斐なさ。そしてそこに追い打ちをかけたのは、エントリーしていたとある百貨店からお祈りメール――つまり不採用通知だった。

分かってはいた。厳しい道だということは。

ただでさえ就活市場は今買い手市場である。しかも当初は院に進むつもりでいたため、同期たちよりも大幅に出遅れている。

それでも頑張ればなんとかと思っていたが、やはりそう甘くはなかった。

京都に支店を持つ百貨店にはすべてエントリーしたし、今回不採用となった企業の面接も受け答えには問題なかったと思う。

だが、それでも落ちた。

別に受かると確信していたわけでもないが、やはり落ち込む。

もともと内に籠もる性格の虎太郎である。れんげとクロに振り回されてかなり変わったという自覚はあるが、それでも落ち込むことには変わりない。

そんな落ち込んだ姿をれんげに見せるわけにはいかないと、今日は以前から行ってみたかった甘味処に行くことにした。

「甘党茶屋 梅園《うめぞの》」。創業一九二七年。現在京都市内に五店舗出店しているが、どこも歴史ある建物を改装した趣ある佇まいである。

伊勢丹の和菓子売り場に出店している梅園のことが、虎太郎は以前から気になっていた。インスタやツイッターで下調べもし、できればれんげと一緒に行きたいとぼんやり想像していた。

今日はそのための下調べだと、自分に言い訳する。

れんげが民泊代と食費を払ってくれているといっても、虎太郎は決して裕福というわけではない。実際今はアルバイトもしていないし、教習所にも通っている。就職が決まるまではできるだけ支出を減らそうと、和菓子屋に行くのも控えていた。

だが、心が折れそうなこんな時ぐらい、贅沢をしたい。

そう思い虎太郎が向かったのは、梅園三条寺町店だ。

実はこの時、白山神社にいるれんげと三条寺町にいる虎太郎は、かなり近い場所にいた。お互いに、知る由のないことではあったが。

カーブに沿うように建てられた建物に入ると、中には大正時代を思わせる飴色の内装と黒のソファーでシックにまとめられた空間が広がっていた。

虎太郎が案内されたのは、一階のテーブル席だ。

メニューを開いて、小さく唸る。

写真付きのメニューは、どれもこれもおいしそうで困る。

まるでトッポギを串に刺したような、横長のみたらし団子。昔ながらのあんみつやみつ豆。白玉をそえたかき氷に、可愛らしい小さなパフェ。

メニューを見るだけで、落ち込んでいた心が浮足立ってくるようだ。

やはりつらい時には甘いものだと、虎太郎は一人で納得する。

結局悩みに悩んだ末に、六種類の甘味がセットになった『花点心』を選択した。ドリンクセットでお抹茶を追加し、期待で胸を高鳴らせながら待つ。

運ばれてきたのは、黒に朱色のさし色が入った、漆塗りの盆だ。

乗っているのは、抹茶ときなこ二種類のわらび餅に、栗の渋皮煮。梅の形をした抹茶味のクッキー。そして三本のみたらし団子と、あんこをもっちりとした生地でくるんだ『あんの花束』。

どれから箸をつけようかと、虎太郎は迷った。

炙《あぶ》ったばかりなのだろう。みたらし団子からはほのかな温かみが感じられる。温かい状態で出されたのなら、冷める前に食べるべきだ。

虎太郎はそう考え、まずはみたらし団子から食べることにした。

口の中に、あたたかいもっちりとした団子と、甘い黒蜜の風味が広がる。おそらく手作りなのだろう。黒蜜は市販のそれより黒糖の味が強く、香ばしいにおいが鼻から抜けていく。

味わいたいのに、二本目三本目とどんどん食べてしまう。あっという間に盆の上から団子がなくなってしまい、虎太郎は切なくなった。

（けど、まあまだ他があるんやな）

口の中を一度リセットするため、お抹茶を口に含む。

次はどれにしようと迷う時間は、至福だ。

虎太郎が次に選んだのは、わらび餅だった。食感は、ぷるぷるとしているが、口に含むと思った以上に柔らかい。

どちらも粉っぽいとは感じず、思った以上に滑らかだ。またしても、あっという間に口の中からいなくなってしまった。

夢中になって、今度は栗の渋皮煮に箸を伸ばす。

渋皮煮は、おいしいのだが自分で作るのは存外手間だ。渋皮を傷つけないよう気をつけつつ、硬い鬼皮を剥かねばならない。そして灰汁《あく》抜きのために、何度も茹でこぼすのだ。正直なところ、普段料理をする虎太郎でもうまくは作れないと思う。

そんな贅沢な一粒を、口に運ぶ。大きい栗は食いでがあり、苦いはずの渋皮は砂糖ですっかり甘くなっている。

抹茶を飲んで、口をリセット。抹茶のクッキーには、こしあんが添えられていた。クッキーにあんこをつけて食べるというのは、あまり経験がない。

クッキーは抹茶を練りこんでいるだけあって甘さ控えめだ。

だがあんこをのせて食べると、別のお菓子のようになる。あんみつを提供している店だけあって、さすがにあんこがうまい。

そうこうしている間に、あっという間に残りは「あんの花束」だけになってしまった。これを食べたら終わりなのだと思うと、なんとなく食べるのがもったいなくなってしまう。

こちらは敢えて箸を使わず、指でつまんだ。柔らかい生地の感触が、指先に伝わってくる。中に巻かれたあんこは実は、砂糖を焦がしたカラメル餡だ。そして花束の花にあたる部分には、砕いてカラメリゼしたアーモンドが散りばめられている。どこか和菓子と洋菓子の中間めいたお菓子だ。口に含むと、その香ばしい香りが心地いい。

全て食べ終えてしまうと、もう終わりなのかと名残惜しい気持ちになった。

他にも、みたらし団子のたれを大吟醸の香るバタークリームとクッキーで挟んだみたらしバターサンドなど、梅園には他の店では食べられないようなお菓子がいくつか存在している。

今度はれんげと来たいと思いながら、虎太郎は抹茶を飲みほして席を立った。

お会計をして外に出る頃には、落ち込んでいた気持ちなどすっかりどこかに吹き飛んでしまったのだった。

三折

ひよし

一度京都駅に出て、湖西《こせい》線に乗り換え電車に揺られること十七分。たったそれだけのことで、県境を越えて滋賀県へと行きつく。

ＪＲ比叡山坂本《ひえいざんさかもと》駅。言わずもがな、かの有名な比叡山の麓に位置する駅である。

京都の鬼門に位置する比叡山には、天台宗の開祖である最澄によって七八五年、延暦寺の前身となる草庵が設けられた。以来千二百年以上の永きに渡り、京都の街を──そして日本の国を見守り続けている。

れんげが電車を乗り継いでこの地にやってきたのは、比叡山を参るためでもましてや観光目的でもない。

首に痕を残した女神について、少しでも情報を得るためだ。

れんげは駅前で、黒いタクシーに乗り込んだ。

「日吉大社《ひよしたいしゃ》まで」

日吉大社の日吉は、古くは〝ひえ〟と読む。比叡山の産土神であり、山王とも呼ばれ全国にある日吉神社、日枝神社の総本山である。

ちなみになぜ山王かと言うと、それは比叡山を天竺《てんじく》の霊鷲山《りょうじゅせん》になぞらえ、霊鷲山の鎮守神である山王の名を冠しているからだ。

れんげは二車線道路にかかる大きな鳥居の手前でタクシーを降りると、そこからは徒歩で先に進んだ。

日吉大社までの参道は、穴太衆《あのうしゅう》積みとされる石垣が続く。穴太衆とは、城壁などの石積みでその名を馳せた石工集団である。

かつて、この地に僧侶たちの宿坊が存在していた名残だろう。平日というのもあるのだろうが、日吉大社へ続く道はたまに車が通り過ぎるくらいでとても静かだった。どこにいても観光客とぶつかる京都の神社仏閣とは、些《いささ》か様子が違っている。

参道の向こうに、比叡山が見えた。紅葉で山は色づき始めている。思わずため息が出るような美しさだ。

れんげはこの地へとやってきた目的も忘れ、その美しさに思わず見入った。

どれくらい歩いただろうか。ようやく参道が終わり、日吉大社と書かれた看板と朱塗りの鳥居に行きつく。

最初に目に入ったのは、六角柱の形をしたお堂だった。形は例の祠に似ていなくもないが、こちらの方が何倍も立派だ。屋根は二重になっており、開かれた格子扉には何枚も赤い小さな前掛けが結ばれていた。

近くにある立て札を読むと、『子育て地蔵　早尾地蔵尊（六角地蔵堂）』と書かれていた。そこに書かれた説明によると、中に安置されているのは最澄上人が自ら彫った地蔵尊であるらしい。

そしてその奥の急な石段を上ると、素戔嗚尊を祭神とする早尾神社があった。

やけにがらんとして感じられるのは修復のため本尊を移しているからかもしれない。素戔嗚尊という神は、祇園祭を駆けずり回ったれんげにとっても思い出深い神である。

『れんげ様！　こちらです』

何が楽しいのか、クロが朱塗りの鳥居を飛び越えれんげを日吉大社の奥に誘う。

一瞬、貴船《きふね》神社で神の不興を買ったことが思い出され、背筋が冷えた。あの時も確か、子狐が貴船神社の鳥居を飛び越え、おみくじに文字が浮かび上がるという形でその行動を窘《たしな》められたのである。

この狐はいつも、子供だった時の感覚が抜けないのか迂闊すぎる。それが可愛《かわい》くもあるが、れんげとしてはクロのためにも、これ以上神の不興を買うような事態は避けたかった。

受付で入苑協賛料を支払い、砂利の敷かれた道をざくざくと音を立てながら歩いていく。パンフレットを見て分かったのは、日吉大社の敷地が途方もなく広いということだった。更に驚きなのは——音だ。

敷地を横断する大宮川の水が、絶えずざあざあと音を立てている。

圧巻なのは敷地内を縦横無尽に走る水路で、どこに居ようとも必ず水の音を聞くことができた。

ざあざあという水の音が、れんげの緊張をほどいていく。

どうやら、例の女神と再び対峙するかもしれないという危惧からか、知らず知らずのうちに肩に力が入っていたらしいのだ。

紅葉の名所であるからか、敷地内には観光客の姿もある。それでも多いと感じないのは、道一つとってもまるで車道のように広い日吉大社のスケール感の大きさのためかもしれない。

れんげは順路に沿って進み、まずは石組みの大宮橋を渡った。パンフレットによると、この先に西本宮があるらしい。

日吉大社に祀られる神は、大雑把《おおざっぱ》に二種類に分類される。西本宮系と、東本宮系である。その違いは単純で、敷地内のどこに祀られているかで決まる。

ちなみに、比叡山高校の敷地を挟んで南側には日吉東照宮《とうしょうぐう》があるのだが、そちらに祀られているのは徳川家康なので、今回は割愛する。

れんげの首に鱗の痕をつけた女神を探しているのだから、まさか正体が徳川家康ということはあるまい。

橋を渡るとなだらかな坂の先に不思議な形の鳥居が見えてきた。鳥居の上に三角屋根がのった、その名も山王鳥居である。

鳥居をくぐって更に先に進むと、左手には社務所があった。

右手奥には白山の神が鎮座する白山宮が見える。先にそちらを見るべきかと思案していると――。

『れんげ様！　猿がおりまする』

クロが叫び、息も荒く先に進んでしまった。

どうやら完全に観光気分になっているようだ。そのしっぽは、いかにも楽しそうに左右に振られている。

仕方ないなとそのしっぽの後を追うと、そこには確かに猿がいた。石像などではない。本物の生きた猿である。

フェンスで囲まれた直方体の小屋に、『神猿《まさる》』と書かれた看板が取り付けられている。中にはニホンザルが二匹。どうやらここで飼育されているようだ。

なんだか動物園に来たような錯覚を覚えつつ、フェンスに張り付くクロを叱咤して先へと進む。

どれだけ歩いたのか。大した距離ではないのかもしれないが、敷地が広く鬱蒼とした森に囲まれているので距離感がつかめない。

息が切れてきた頃、ようやく突き当りに到達した。

道自体は左側に下るように続いているが、れんげの目的地である西本宮の楼門は、向かって右側に荘厳に佇んでいる。

朱塗りの褪せた楼門はしかし、森の清浄な空気の中で威風堂々としたたたずまいを見せている。

息を整えるためぼんやりと楼門を見上げていたれんげの耳に、突然クロの歓声が聞こえた。

『れんげ様！　猿ですっ、また猿がおります』

また猿かと思いつつ、周囲を見回す。しかし、先ほどのように檻があるわけでもない。もしや野生の猿かと慌てて再度視線を走らせたが、燃えるような紅葉の中にそれらしい影を見つけることはできなかった。

「どこにいるの、猿なんて」

思わず咎《とが》めるような調子になってしまうのは、なんとなく自分にとって神聖な時間を邪魔されたような気がするからだ。

この騒がしい狐は、多少体が成長しようともささやかな静寂すられんげに許す気はないらしい。

そんなれんげの態度に気づいているのかいないのか、身も軽く楼門の屋根へと跳び上がる。

『こちらです！』

そうしてクロが鼻先で示したのは、大きく張り出した楼門の屋根の裏側。飛檐垂木《ひえんだるき》と地垂木《じだるき》に挟まれるようにして、猿の木像が置かれている。

ともすれば見過ごしてしまいそうな小さな猿は、実にユーモラスだ。

思わず口元を緩めたれんげではあったが、すぐにそんな悠長なことを考えている場合ではなくなってしまった。

『キャウン！』

突然、クロが甲高い悲鳴を上げる。

その理由は、あろうことか猿の木像が突如として動き出し、楽しそうに臭いを嗅いでいたクロの鼻先をつねったからだ。

『きつね、きつねだ』

そんなつぶやきが、耳に入る。本来なら、屋根にいる猿のつぶやきなど地表のれんげの耳に入るはずがない。どころか、木像が喋るはずなどない！

またいつものやつかと、れんげはげんなりした。

「乱暴はやめて。クロの非礼は謝るわ」

できるだけ慎重に、れんげは猿に語りかける。すると猿は、今気づいたとばかりに地上のれんげを見下ろした。

塗装のはげかけた猿の目は、まるでがらんどうのように黒くくぼんでいた。

たったそれだけのことで、先ほどまでの印象から一転して恐ろしいもののように感じられた。

そもそも、頭に神の字を冠する猿である。ただの猿であるはずがないのだ。猿はしばらくの間れんげを観察し、そして何か思いついたかのようについと視線を上にやった。

すると驚くべきことが起きた。

重力によって地表に縫い付けられていたれんげの体が、突如としてふわふわと宙に浮かび上がったのだ。天地が逆さまになり、平衡感覚を失う。宙でもがきながら、れんげは視線を彷徨《さまよ》わせた。

いつの間にか、紅葉狩りに来ていたはずの他の観光客の姿が消えている。

どうやらいつものごとく、気づかぬ間に神の領域に引きずり込まれていたらしい。

『れんげ様！　おつかまりください』

先ほどまで鼻先をおさえて呻いていたクロが、もがくれんげに体を寄せた。慌ててその毛皮を掴み、またがるようにしてしがみつく。

おかげでようやく、逆さま状態から脱することができた。地表からは三メートルほどの空中だ。頭から落ちれば、ただでは済まない高さだろう。

れんげは改めて、楼門の猿を睨みつけた。

するとこちらが慌てている隙に、屋根の四隅に陣取っていた四匹の猿が、屋根の上で一堂に会していた。

木彫りの猿が動いている姿は、なんとも不気味だ。

猿はそれぞれ、れんげを指さしたり笑ったり、あるいは無関心に毛づくろいをしたりと好き勝手にしていた。

こちらをからかっているのだ。

『おんな、きつねのにおいする』

『さかさま、さかさま』

『くび、にんげんくび変だ』

そう言ったかと思うと、四匹のうちの一匹が、突如としてれんげに飛びかかってきた。れんげの両手は、クロの体にしがみついたままである。拒めるはずもない。

猿は電光石火の勢いでれんげに飛びかかり、首に巻かれていたスカーフを奪い屋根に戻った。

白い首に浮かび上がる黒い痣が、日の光に晒される。

それを見た猿たちが、一斉にキィキィと耳障りな声を上げた。まるでおもちゃの猿のようだ。手を叩いたり飛び跳ねたりと、思い思いに騒ぎまわる。

そのあまりの煩さに、れんげは思わず耳を覆った。

クロは悔しそうに唸っている。本当は飛びかかりたいところだが、動くとれんげを落としてしまうのでそれもできないのだ。

そしてようやく猿たちの笑いが収まったかと思うと、そのうちの一匹が言った。

『くび、そのくび……落ちるぞ。十禅師《じゅうぜんじ》様の怒りを買ったな』

全身の毛が粟立つようだった。

思わず喉が引きつる。

一拍後、クロが怒ったように炎を吐いた。

『貴様ら！　れんげ様を愚弄すれば容赦はせんぞ！』

クロの怒号すら楽しむかのように、猿たちは笑いながら散っていった。残されたのは、猿が消えた楼門とクロに乗ったれんげのみ。

れんげとクロの間に、重い沈黙が落ちる。

なんとも言えない、気味の悪さがあった。だが不思議と、恐怖は感じなかった。

『れ、れんげ様！　必ず我が守ります』

焦ったように言うクロの背を、れんげはゆっくりと撫《な》でた。

「大丈夫よ。あんなの本気にしないから」

この反応は、クロにも意外だったようだ。

『れんげ様は、恐ろしくはないのですか？』

確かに、恐ろしいとは感じなかった。その理由を、口で説明するのは難しい。

あるいは日吉大社から感じられる清浄さが、猿の言葉のおぞましさとあまりにかけ離れているせいかもしれなかった。

「なんとなくだけど、揶揄《からか》われているだけな気がするの。むしろ、『十禅師』が誰なのか気にならない？　それが分かればあるいは——この痣を消す方法もわかるかもしれないわ」

クロは困ったような顔をして、耳をぴたりと伏せていた。

そして急に、何かに気づいたかの如くそわそわし始める。

ふいにクロが高度を落としたので、れんげもクロの異変に気がついた。わたわたと、焦ったように視線を彷徨わせている。

「どうしたの？」

もしかしたら、先ほどの猿がクロに何かしたのかもしれない。そう思うと、れんげの中に先ほどまで存在していなかった怒りがわいてきた。

だが、れんげはそれ以上クロを追求することができなかった。

なぜなら——突然クロの体が縮んで、空中から地面に投げ出されたからだ。

どしんと重い音がして、れんげは地面に尻もちをついた。

幸いなことに、あらかじめクロが高度を下げていたことと、お尻から落ちたことで大きな怪我は負わずに済んだ。

傍らではクロが、見慣れた子狐姿で目を回している。

「いっ……たたた」

れんげはなんとか立ち上がると、体に異常がないかチェックした。幸い、足を少しすりむく程度で済んだようだ。

だが、無事で済んだからといって問題がないわけではない。

「ちょっと。落ちるなら落ちるって言ってよ」

れんげがそう言うと、意識を取り戻した子狐が後ろ足の間にしっぽを隠しながら言った。

『申し訳ありませぬ。思った以上にれんげ様が重くて、力が続かなかったのです』

ショックなのはれんげの方だ。

確かに、最近毎日虎太郎の料理を食べているので、太ってきているかもしれないという危惧はあった。そもそもれんげは食にあまり興味がなく、サプリメントなどでやり過ごしていたからだ。

己の体重が原因と言われてしまえば、クロを責め続けることもできない。

れんげはさりげなく目をそらすと、おとなしく口をつぐんだ。

そして立ち上がりパンツについた汚れを叩くと、何事もなかったように楼門をくぐり西本宮に足を踏み入れたのだった。

⛩ ⛩ ⛩

西本宮に入ると、すぐ正面に立派な拝殿があり、左手には授与所が見えた。だが、授与所の中に人はいない。れんげはいまだに、神の領域にいるらしい。

深呼吸をして、足を踏み出す。

空気が清浄すぎて息苦しい。れんげはそんな不思議な感覚に陥っていた。

神気――とでも言えばいいのだろうか。何かとてつもなく強い力が、空気の中に満ちている気がする。

れんげは、ここでもまたさらさらと流れていく水路に目をやった。川の水を引いているのだろう透き通った水が、日の光を浴びてきらきらと光っている。

ここまでなら、科学で説明できる自然現象だ。何も不思議なことはない。

だが先ほどまでと違っているのは、その光が反射では説明できないほど強く、まるで水そのものが発光しているかのように見えることだった。水路は西本宮を囲むように設置されているので、まるで光の中に建物が浮かび上がっているように見える。

歩くたびに、敷き詰められた玉砂利が音を立てる。拝殿の裏に回ると、檜皮葺きの本殿が姿を現した。国宝にも指定されている西本宮本殿は、日吉造《ひえづくり》と呼ばれる特殊な構造で、全国でもこの日吉大社でしか見られない形をしている。

また、この西本宮を含め主だった七つの社には、本殿の下に下殿と呼ばれる階層が存在する。この場所には、明治時代までそれぞれの神の本地仏《ほんじぶつ》が祀られていた。八百万の神は、実は仏の化身だという神仏習合考え方の元に祀られた仏像である。比叡山と密接な関係を持つ日吉大社であるから、ここに収められていた仏像や仏具も大変貴重なものだったと予想される。

だが、ここに祀られていた仏像はすでにない。

明治維新後、新政府は神仏混淆《こんこう》を禁止し、神社と寺院を分離する命令を次々と発令した。これを受けて明治元年四月一日、社司や神官それに村人など数十人が日吉社に押し入り、仏像や仏具を放り出し火にくべてしまったのである。

といっても、神仏混淆禁止令は別に仏教を排斥し歴史ある仏像などを壊すよう命じるような布告ではなかった。

だが、長きにわたる神仏習合で僧侶の下の立場に置かれてきた神職たちが、積年の恨みを晴らそうと廃仏に至ったのが廃仏毀釈《はいぶつきしゃく》運動だと言われる。

そしてこの日吉大社は、そんな廃仏毀釈運動の始まりの地でもあった。これを契機として、日本中に廃仏の炎が広まっていったのである。

だが、日吉大社に残る炎の歴史はこれだけにとどまらない。なぜならこの日吉大社は一度、その社ごと焼失し灰塵と帰しているからだ。

世に名高い、織田信長の比叡山焼き討ちである。

この日吉大社を含む坂本の地には、当時多くの僧侶や比叡山の関係者らが居住していた。神仏を恐れず延暦寺を焼き尽くした信長が、この地を見逃すはずなどない。当時、織田軍と戦った僧兵などはこの日吉大社の奥宮、八王子山《はちおうじやま》へと逃げ込んだが、残らず焼き殺されてしまった。

ほのお――炎だ。

平安の昔に起きた嗷訴も、僧侶たちは炎のついた灯を手に山を下った。何より、彼らのうちに猛る怒りこそが、炎のように燃え上がっていた。

その様子は、今日に残る日吉大社の山王祭にも見ることができる。

山王祭は、この西本宮に祀られた大己貴神《おおなむちのかみ》がこの地に鎮座した様子を再現したと言われる。神輿の担ぎ手たちが松明を手に山頂にある奥宮へと駆け上がり、そのまま急な斜面を命がけで下りてくる様は、かつて行われた嗷訴を想起させる。

昔の僧たちは、嗷訴のために日吉神社に安置されていた神輿を比叡山中の根本中堂まで担ぎ上げ、その後山を下り京の都に突入した。

人の身の内に燃え上がる炎。それは時にすさまじい破壊を生み出す。

光溢れる境内で、れんげもクロは周囲を警戒しつつ足を進めた。

　ふと、本殿の両脇に座り向かい合っている狛犬《こまいぬ》の木像が、身じろぎをした。尾が七本に分かれ、阿吽《あうん》を現す、口の開いた狛犬と口を閉じた狛犬。

『そこな狛犬！　動いたなっ』

　まだ興奮が収まっていないのか、クロが叫ぶ。

　れんげは止めようとしたが、遅かった。

　なんと口を開けていた方の狛犬がひとっとびでやってきて、上からクロの体を押さえつけたのだ。

　木像のはずなのに、辺りにはどしんとまるで岩でも落ちたかのような音が響いた。

　下敷きになった狐が、泡を吐いて目を回している。

「クロ！」

　れんげはたまらず叫んだ。そして踏みつぶされた狐に駆け寄り膝を折った。狛犬は人間と同じぐらいの大きさだが、近くに寄ると妙に迫力があった。

「ごめんなさい！　この子に代わって謝ります。どうか許していただけませんか？」

　ただ声をかけただけとはいえ、どう考えても非はクロにある。

　れんげが誠心誠意謝罪すると、狛犬はまるで値踏みでもするかのようにれんげのことを見おろした。

『ふむ、これは異なこと。狐が二匹かと思いきや、人であったか』

どうやらこの狛犬は、れんげのことも狐だと認識していたらしい。

そして何かに気づいたかのように眉を上げると、クロを押しつぶしていた片足を上げてれんげの首を指した。

『女、どこで姫と会うたか』

「……っ」

れんげは狛犬の言う姫が、首に痕を残した女神のことであると直感した。おそらくこの狛犬は先ほどの猿と同じように、あの祠の主を知っている。

「それは……〝三宮様〟のこと？」

れんげにとって幸いだったのは、この狛犬が例の猿に比べてまだ話が通じるということであった。

れんげの経験上、神や神使の中には人の言葉など意に介さない者も多くいる。

狛犬は、何を今更という顔で頷いた。

『そうだ。十禅師様の荒魂《あらみたま》よ』

「十禅師様？」

またしても、〝十禅師〟様である。楼門の猿と同じ名を、狛犬は口にする。

れんげは首を傾げた。

それを見て、狛犬は呆れたとばかりにため息をついた。

『呆れたな。日吉《ひえ》の社を参りて十禅師様の名を知らぬとは』

狛犬に言わせれば、その十禅師様は知っていて当然の存在らしい。

「申し訳ありません。教えて頂けますか？」

こうなったらと、れんげは徹底的に下手《したて》に出ることにした。

まんざらでもないのか、狛犬は前足で器用に顎髭を撫でた。いや、犬というからには全身毛だらけなのだから、この場合は顎というのが正確か。

『おい、さぼってないでさっさと戻れ』

すると、話に割って入ってきたのは口を閉じている方の狛犬だった。今まで一切反応せずにいたが、どうやらこちらの話は耳に入っていたらしい。

『吽《うん》よ。少しは融通を聞かせろ』

『このお喋《しゃべ》りめ。口を閉じろとは言わんが、少しは慎みを持てと言っているんだ。狐の挑発に容易く乗りおって』

『なんだと！』

『大体、神無月《かんなづき》が迫っているというに、人間などと事を構えている場合か』

そうこうしているうちに、今度は狛犬同士が喧嘩《けんか》を始めてしまった。

結局〝十禅師〟様が誰なのか、いまだに分からないままだ。

話に割って入って機嫌を害してはと思い、様子をうかがっていると、突然地鳴りが起きて、激しい揺れがれんげを襲った。

かがんでいたので転ぶことこそなかったが、非常事態に思わず背筋が寒くなる。クロの上に乗っている狛犬の方もバランスを崩し、たたらを踏んだ。

しばらくして、すぐに揺れは収まった。

『ひえっ、お赦《ゆる》しを！』

するとどういうわけだろうか。目の前にいた狛犬が突然そう叫ぶと、動き出した時と同じようにひとっとびで本殿に戻った。

以降はうんともすんともいわず、先ほどの出来事など嘘のようだ。二体の木の狛犬が、何事もなかったかのように佇《たたず》んでいる。

「ええと、狛犬さん？」

とりあえず呼びかけてみたが、返事はない。

結局、得られた情報と言えば〝十禅師〟様という名前だけだ。〝三宮〟様とは別に新たな神が出現し、何も解決しないどころか謎が増えてしまった。

顔を曇らせるれんげの足元から、悲しみに満ちた声が聞こえてきた。

『れんげ様、我のことを忘れないでください～』

「ああ！」

クロを助けるという本来の目的を忘れていたれんげは、慌てて狐の体を助け起こしたのだった。

⛩ ⛩ ⛩

西本宮の本殿すぐ横にある門をくぐり、外に出る。門のすぐ左手には大宮竈殿社《おおみやかまどのしゃ》があり、その裏手には料理人が使い終えた包丁を弔う包丁塚があった。

すぐ目の前には、宇佐宮《うさぐう》とその拝殿がある。こちらは西本宮より少し小さいが、狛犬も配された立派な本殿だ。こちらの狛犬は先ほどと違い、喋るどころか身じろぎ一つしない。

賽銭箱《さいせんばこ》に、説明書きが額に入れられ立てかけられていた。祀られているのは田心姫神《たごりひめのかみ》。〝姫〟という文字が気にかかったが、それ以外に手がかりのようなものは見つからなかった。

彼女は大己貴神こと大国主命の妻であり、同時に素戔嗚尊が持つ剣から生まれた宗像三女神《むなかたさんじょしん》のうちの一人でもある。全国の八幡宮の総本宮である大分の宇佐神宮の名をとって、この宮は宇佐宮と呼ばれている。

さてその後も、境内には大小さまざまなお社があれど例の女神の手がかりはまったくと言っていいほど得られなかった。

実際に神が不在なのか、それとも先ほどの地鳴りが原因で、鳴りを潜めている可能性もある。

それから、二百メートルほど歩いただろうか。高低差があるので、おそらく五分ほどかかったと思う。

ここにきてようやく、れんげは自分以外の人間の姿を目にした。

れんげからみて左側にあるなだらかな石段。その石段を見上げるように、赤い小袖を着た女が立っている。

最近は着物を着る観光客も珍しくはないが、女は明らかに着物を着慣れており、着物の方もずいぶんと草臥《くたび》れてレンタルのそれとは明確に異なっていた。

黒々とした髪は後ろに流して一つに縛り、腰には帯ではなく湯巻と呼ばれる腰布を巻いている。

女は明らかに人間ではなかった。小袖の裾から延びているのは、人間のそれではなく巨大な蛇の胴体だった。

さすがのれんげも、蛇の尾を持つ女に臆し一瞬言葉が出なかった。

あの女が襲いかかってきたとして、逃げ切れるのか。自分だけでなくクロも危険な目に遭うのではないか。

一瞬のうちに、様々なことが頭に浮かぶ。

永遠のように感じられたが、おそらく一瞬だったに違いない。
わずかに身じろぎをしたれんげに、女が気づいた。
その鋭い視線が、祠で出会った女神を思わせる。
れんげははっとした。
己の首に残された痣は、蛇の鱗の痕だった。
目の前の女に首を絞められたら、おそらく似たような痣が残ることだろう。
先ほどからクロは、体の周囲に炎を巡らせ臨戦態勢で女を凝視している。
興奮してすぐに飛びかからないのは、成長と言っていいだろう。
れんげはクロが落ち着いた様子でいることを確認して、目の前の女に話しかけた。
「あなたが、十禅師様ですか？」
猿や、狛犬が口にしていた名前で問うてみる。
しかし、反応はない。
ふと、女が階段脇にある小さな祠の横に下げられた提灯を見た。
白い小さな提灯には、墨で〝三ノ宮〟と記されていた。
れんげが、そちらに気を取られたその瞬間。
女はすさまじい勢いで背を向けて、するすると滑るように動き出したのだ。
そのスピードは驚くほど速く、唖然としている間にみるみるその背中は小さくなっていった。

れんげは迷った。

提灯に書かれた〝三ノ宮〟と、町家の祠の〝三宮〟様が無関係とは思えない。あるいは手がかりは、この石段の上にあるのではないか。

だが、去っていく女もまた、何かを知っている様子である。

『れんげ様！　お早く』

女を追うべく飛び出したクロが、足を止めているれんげに気づき叫んだ。

その声に背中を押されるように、れんげはそのまま女を追って東本宮の方向へ走り出したのだった。

⛩ ⛩ ⛩

走ったのは、そう長い距離ではなかった。

突き当りにある小さな授与所で女は左に曲がり、東本宮の楼門をくぐって中に入っていった。西本宮のそれと同じく巨大な楼門だが、こちらに猿はいない。

れんげとクロは、必死でそのあとを追った。

蛇の下半身で移動しているのならすぐに追いつけそうなものだが、不思議と距離は一向に縮まらない。

入って右手に拝殿。左側には樹下宮《じゅげぐう》と書かれた本殿が右に向かって建っていた。楼門から東本宮までの道線と、樹下宮とその拝殿の道線がちょうど十字に交わる形だ。

そして女は奥の東本宮へ向かうことなく、樹下宮の高床となった床下に吸い込まれるように入っていった。

息を切らせたまま、れんげは樹下宮の前で立ち止まった。

さすがにこのまま、無遠慮に社に押し入ることはできない。クロも同じ考えなのだろう。空中に留《とど》まったまま、困惑したようにれんげを見つめている。

どうしようかとそのまま立ちすくんでいると。

『そんなところで何をしておる？』

突如として、れんげたちに声をかけてくる者があった。

先ほどから強烈な出会いばかりなので、思わず警戒してしまう。

だからと言って無視するわけにもいかず振り向くと、そこには見覚えのある姿があった。

「まさか……天音《あまね》？」

そこにいたのは、見覚えのある白狐《びゃっこ》だった。東京で出会った、稲荷の狐である。

そして同時に、その姿は伏見稲荷大社の主祭神である宇迦之御魂大神《うかのみたまのおおかみ》が、己の正体を隠すために纏っていた偽りの姿でもあった。

今の言葉遣いからして、おそらくこの狐も後者に違いない。

小薄様と呼ばれる、土着の神と豊穣を司る宇迦之御魂大神が習合した稲荷の神だ。その証拠に、何か感じるものがあるのかクロのしっぽは完全に後ろ足の間で丸まってしまっている。以前天音姿の小薄様といてもここまで怯えることはなかったので、小薄様が巧妙に気配を隠していたのだろう。

しかし今日は、隠す気がないということか。その証拠に、れんげにまでびりびりと威圧感のようなものが伝わってくる。

『また会ったな、我が子孫よ』

天音の姿をした小薄様は、やけに機嫌がよさそうだった。

それにしても、伏見稲荷どころか稲荷神社ですらないこの日吉大社に、どうして小薄様がいるのか。

「小薄様……」

『おや、おじいちゃんと呼んでくれてもいいのだぞ？』

思わぬ答えが返ってきた。

どうにもこの神様は、人の意表を突くのがお好きなようだ。

「どうしてここに？」

れんげが問うと、白狐はその白く大きな尾をくねらせた。

『あちらを見ろ』

白い肉球が指す方に目をやると、東本宮の拝殿奥、ちょうど本殿の右側にあたる場所に、小さな祠が見えた。

「あれは？」

『一応儂《わし》もここに祀られておる。年神のやつの隣というのは気に食わんが』

そう言って、狐は器用に鼻を鳴らした。

年神――大年神とも呼ばれる神は、須佐之男命の子であり、同時に宇迦之御魂大神の兄弟でもある。

同時に東本宮に祀られている大山咋神《おおやまくいのかみ》の父に当たり、そのため東本宮の裏に社が存在していた。東本宮に祀られる大山咋神は、比叡山に延暦寺が建立される前からこの地にいた土着の神である。

東本宮の境内に存在する祠の神々は大山咋神の家族だとされ、父である大年神。叔父の宇迦之御魂大神、母の天知迦流水姫神《あめちかるみずひめのかみ》。兄姉に当たる奥津彦神《おきつひこのかみ》、奥津姫神《おきつひめのかみ》。妻の鴨玉依比売神《かものたまよりひめのかみ》。義理の兄である鴨玉依彦神《かものたまよりひこのかみ》。唯一、内御子社《うちみこしゃ》に祀られる猿田彦神《さるたひこのかみ》とのつながりはよくわからない。内御子社という名前からすると大山咋神と鴨玉依比売神の間に生まれた子を祀る神なのではという気がするが、不思議と彼らの子供についての言及はないのだ。

笑顔を引き攣らせつつ、れんげは現状を彼に相談することにした。味方であるというのなら、これほど頼りになる相手もいない。なにせ相手は神だ。対抗するのにも神の力がいる。

「これを……」

そう言って、れんげは首の痣を指さした。

「洛中にある、〝三宮〟様と呼ばれる神様につけられました。調べたところどうやらこちらの神様と関係ありそうなので、痣を消してくださるようお願いに来ました」

できるだけ簡潔に、そして感情を交えないよう心がけた。そして、何かをお願いしてはいけない。

神へのお願いは、高くつく。お供え程度で済めばいいが、それで済まなければ何を取られるか分からない。

神と言葉を交わす時は、一瞬たりとも気を抜いてはならないのだ。

『ふむ』

そう言うと、天音の姿をした小薄様は鼻先を近づけ痣の匂いをくんくんと嗅いだ。

場所が場所なので、ひどく気まずい。

『なるほど、それで樹下宮に来たわけだな』

「え？　いえそれは下半身が蛇の姿をした女性を追いかけてきたからで……」

『おぬしらが見たのは、樹下宮に祀られる鴨玉依比売神だ』

先ほどの女性は樹下宮に祀られた神だったようだ。

「――会わせて頂けますか？」

樹下宮に逃げ込んだ鴨玉依比売神に会うには、彼女の義理の伯父に当たる小薄様の力を借りるより他ない。

だが、小薄様の答えは否だった。

『な、なぜですか！』

左右に首を振る小薄様に対し、クロが悲鳴じみた声をあげる。

『落ち着け。お前らも見ただろうが、鴨玉依比売神は今頃樹下宮にある井戸から地下に潜った頃だ。人の足では辿り着けん』

「井戸？」

『そうだ。この社には井戸がある。鴨玉依比売神は水と縁深い神だ。井戸からお山の水脈に逃げ込まれては、追いようがないだろう』

れんげは先ほどの女の姿を思い出した。

蛇は泳ぐ。人の身ではとても追いかけることはできそうにない。

「でも、それじゃあどうすれば……」

ここにきて、手がかりが途絶えてしまった。動物たちに翻弄されながらようやくここまでたどり着いたというのに。

れんげが言いようのない虚脱感を覚えていると、目の前の白狐はにこやかに口角を上げて言った。

『なに、そう悲観するものでもない』

どうやら、小薄様には何か考えがあるらしい。

れんげはごくりと息をのんだ。どんな無理難題が振りかけられるのだろうかと、覚悟したその時。

白狐は先ほどのように、前足である場所を指さした。

『〝三宮〟なら、あちらにおるぞ』

肉球が指し示したのは、木々が生い茂る山の上、切り開かれた山間にへばり付くように建てられた、舞台造《ぶたいづくり》の社があった。

⛩ ⛩ ⛩

「はあ、はあ」

またしても、山を登っている。

最近こんなことばかりだと、れんげはふと思った。

鞍馬山《くらまやま》にも登ったし、ついこの間は大石内蔵助《おおいしくらのすけ》ゆかりの寺を訪れるため稲荷山を伏見稲荷の裏から登る羽目になった。

京都に来て、なぜだか山にばかり登っている気がする。

もっとも、鞄《かばん》に鍾馗《しょうき》の像を入れて登った時よりはだいぶ楽だが、それでも当然息は上がる。

『れんげ様、お早く！』

空を飛べるクロの言葉に、れんげはイラッとした。

それならば自分もその背に乗せてくれと思うが、先ほどれんげの重さで動けなくなってしまったクロを思い出し、慌てて考えを改めた。改めはするがイラッが解消されるわけではない。

山道を登ること早三十分。山王祭で担ぎ手が駆け上がるという斜面は、想像以上に勾配がきつい。神輿を担いで行き来するため道は広く整備されているが、それでも平坦な道ほど歩きやすいというわけでは決してない。

九十九折《つづらお》りになっている道を何度も折り返し、静かな山林を黙々と歩いていく。小石に足を取られて、何度転びそうになったか分からない。

一応動きやすい服装で来ていたからいいものの、普通に観光で訪れていたらまず登る気にはならなかっただろう。

目指す祠はすでに見えているというのに、道が九十九折りになっているせいで歩けども歩けども一向に近づかないのだ。狐か狸に化かされているんじゃないかという気すらしてくる。

『ほれ、がんばれがんばれ』

天音に化けた小薄様も、楽しげにれんげを煽《あお》る。

そもそもなぜれんげがこの坂道を上っているのかと言うと、小薄様の助言に従って〝三宮〟を目指しているからだ。

曰く、三宮様とは先ほど樹下宮に逃げ込んだ、鴨玉依比売神の荒魂であるという。

荒魂というのは読んで字のごとく、荒ぶる御魂《みたま》である。

神には和魂《にぎみたま》と荒魂という二つの御魂がある。神社によってはこの二つを分けて祀っているところもあり、この日吉神社もそうなのだ。

和魂が人を慈しむのに対し、荒魂は祟りをもたらす激しい神性を持つ。神輿に乗せてお祀りし、どうか祟らないでくれと希《こいねが》う。

れんげは登りながら、己の首を絞めてきた女神のことを思い出していた。

女の顔は怒りに燃えていた。それはきっと己を山から降ろし置き去りにした坊主たちを憎んでいたからだ。

彼女の怒りはまだ分かる。だがどうしてれんげの首に痣を付けたのか。その理由が分からない。

近寄ったことが逆鱗に触れたのか。だがそれならば芦原や他の工事関係者にも同じことが起きているはずだ。工事関係者が体調不良になったとは聞いたが、首に蛇の痣ができたなんて話は聞いていない。もしそんな前例があったなら、一緒にいた芦原が教えてくれたはずだ。

それなら、どうしてれんげだけが。

汗の滴り落ちる首に、れんげは軽く触れた。

猿がはやし立てたように首を落とす気ならば、とっくにできたはずだと思う。そもそも痣を残すことすらせず、あの場で絞め殺すことだってできたはずだ。

だが、三宮様はそれをしなかった。

まるで忘れるなとばかりに痣を残し、れんげをこの日吉の地にまで導いた。そして神の領域にまで引き込まれたということは、あちらもれんげに用があるのだ。

伝えたいことがあるのならば、こんなややこしいことはせずにすぐに本題に入ってほしいと思う。

首に痣ができたせいで虎太郎に心配をかけるし、クロは落ち込むし、スカーフなしでは外出できなくなるしでまるでいいことがない。

それでも、聴かなければ——その言葉を。三宮様がどうしてわざわざれんげの首に痣を残したのかということを。

そんな、不思議な使命感に突き動かされていた。

憎しみと苦しみに満ちた、三宮様の顔。もしそれを解くことができるのならば、そうしたい。

嗷訴から千年近い時間が経過している。それほど長く苦しみ続けたのならば、もう解放されてもいいと思うのだ。

『ついたぞ』

やっと山の中腹にある社殿に到着したころには、れんげの足は疲労でがくがくと震えるまでになっていた。

眼下には、琵琶湖が遥か彼方まで見渡せる。

空はよく晴れていて、こんな状況でなければ純粋にハイキングとして楽しめたかもしれない。

だがそのよく晴れた空も、れんげが社殿に到着した途端あっという間に黒々とした雲が立ち込め暴風が渦巻いた。空からぽたぽたと滴り落ちたしずくが、あっという間に大雨に変わる。

目の前にある二棟の社殿は、右を牛尾宮《うしおぐう》、左を三宮宮《さんのみやぐう》と言った。牛尾宮は、東本宮に祀られる大山咋神の荒魂を祀るとされる。どちらの社殿も拝殿が本宮を飲み込むような珍しい形で、本殿の入り口は横に設けられていた。

また、二つの社殿に挟まれるようにして、金大巌《こがねのおおいわ》と呼ばれる巨石にしめ縄が掛けられている。奥は禁足地として立ち入り禁止になっているが、少し行ったところに八王子山の山頂があり、ここがかつての祭祀の地であったのだと知れる。

吹き荒む暴風に煽られながら、れんげは三宮宮に近づいた。十月、季節はもう秋だ。冷たい雨に体の熱がすぐさま奪われていく。

「どうか出てきて！　話がしたいの」

自分でも無意識のうちに、れんげは叫んでいた。

話が通じるような相手ではない。何をされるか分からない。

つい先ほどまでそうして警戒していたはずなのに、神域に近づいたことで黙ってはいられなくなったのだ。

あの女はここにいる――そんな確信が、れんげにはあった。

小薄様はそんなれんげのことを、興味深そうに見下ろしていた。

「あなたの望みは何⁉　打ち捨てられた祠で嘆いていれば満足なの？　もうあの家に人はいない。あなただって、自由になっていいはずだわ！」

神輿に乗せられ、山を下りて朝廷と戦うための道具にされた御魂。

なぜか、嗷訴に用いられる神輿は女神のものが多かったらしい。男神《おがみ》でなく女神を担ぎ上げ願い叶わなくば洛中に捨て置き去りにした。

三宮の神輿はもう、打ち捨てられてから千年近い時が経っている。

最初は手厚く祀られただろう。だが、今ではあの町家に住む人もいない。そこで人を呪い続けるのは、憎み続けるのは、あまりに空しい。

そう感じているからこそ、あの女神はれんげの首に痣を残したのではないのか。

一度そう思うと、それ以外にないように思えて、れんげはその場から一歩も引かず立ち続けた。

鬼が出るか、蛇が出るか、あるいはその両方か。

だが、引き下がることはできなかった。どうしてそう思うのか、それはれんげ自身にも分からなかった。

やがて――。

なんの前触れもなく雨が弱まり、雲が切れた。その隙間から、光が差し込む。風が弱まり、凍えていたれんげの体に熱が戻ってきた。

『あこがめをほり』

それは小さな声だった。

「何？」

聞き返したが、言葉はそのたった一言限りで途切れた。

激しかった雨も風もどこかに消えて、あとは寂しげなヒグラシが、夕刻であると伝えていた。

虎太郎の甘味日記　～夢と現実編～

虎太郎は落ち込んでいた。理由はまたしても就職関係である。

だが、今回の悩みは以前のものより更に深刻だった。

その理由は数時間前にまで遡る。

虎太郎は、応募した百貨店の採用試験で、二次面接まで駒を進めていた。

虎太郎はそこで、志望動機として自分が和菓子好きであることと、将来的に和菓子のバイヤーとして働きたい旨を語った。

基本的に口下手な虎太郎だが、事前にイメージトレーニングをしたおかげで自分なりにきちんと喋ることができたとは思う。

ではなぜ落ち込んでいるのかというと、それは面接官のうちの一人に言われた言葉に起因していた。その人は、幸か不幸かその百貨店で和菓子のバイヤーを担当する社員だったのだ。

虎太郎にとっては、憧れの人である。

面接中にその事実を知った時、そしてその社員が口を開いた時、どんな話が聞けるのだろうと虎太郎は胸を高鳴らせていた。

だが、その口から語られたのは、虎太郎に現実を知らしめる厳しい言葉だった。

まずは当たり前だが、入社してすぐバイヤーにはなれないということ。これは虎太郎も当然予想していた。

いくら本人が希望しようが、和菓子に詳しかろうが、新入社員がいきなりバイヤーになれるはずがない。

だが、予想外だったのは、希望しても和菓子を扱う食料品売り場の販売部に配属されるかどうかは分からない、ということだった。

百貨店はその名の通り、様々な品物を扱う小売業である。

衣料品売り場やバックオフィスなど、和菓子にまったく関係ない部署に配属される可能性だって大いにあるのだ。

考えてみれば当たり前のことだが、虎太郎にとって百貨店は和菓子を買いに行く場所という認識だったため、このことがすっかり抜け落ちていた。

更に衝撃だったのは、和菓子を好きなだけではだめだと言われたことだ。

バイヤーともなれば、和菓子について詳しいのは当たり前。知識があることは前提条件でしかなく、顧客はもちろん、取引先の和菓子屋の店主の信頼を得るためには、どこまで誠実に尽くせるかが大事で、和菓子だけが好きな人間では限界があるということだった。

　さらにショックだったのは、こちらも当たり前と言えば当たり前なのだが、特定の店舗ではなく全国各地にある店舗を複数まとめて担当するバイヤーになると、配属は本社となるということだ。

　虎太郎が面接を受けた百貨店の本社は東京。エントリーした百貨店の多くもそうだ。つまり夢を叶えたければ、この京都の街を離れなければいけないということになる。

虎太郎の脳裏に、れんげとクロの顔が浮かんだ。

すぐに転勤ということはないだろうが、たとえば十年先、どうなるかということは誰にもわからない。

　そういうわけで、十分にも満たない面接時間の間に虎太郎は大層打ちのめされてしまったというわけだ。

　面接の対策は十分にしていた。だからこそ基本的な問答については問題なかったと思う。問題があったとするなら、それは虎太郎の将来へのビジョンが明確ではなかったということだろうか。

　全国に営業店舗を持つ百貨店の社員であれば、京都に限らず日本各地どこでも転勤になる可能性はあるということだ。

見知らぬ土地で、望まぬ部署に配属された場合、果たして自分はやっていけるのだろうか。京都の和菓子を全国に紹介したいという自分の希望がそれで叶うのか。

一難去ってまた一難。夢がようやく定まったと思っていた虎太郎だが、苦悩の時間はまだまだ続きそうだ。

四折
せいめい

結局、またここに来てしまった。

五芒星《ごぼうせい》が掲げられた鳥居を見上げながら、れんげは思った。

神様に気軽に頼ってはいけないとは思うのだが、この神社に祀られているのは元人間の神様である。

現在でも名前を知られた有名な人物ではあるが、れんげからすると酒好きの老人というイメージしかない。

この酒好きというのが重要で、お酒を献上すると大体お願いを聞いてくれるというのも、つい彼を頼ってしまう要因の一つである。

安倍晴明。平安時代に活躍した稀代《きだい》の陰陽師《おんみょうじ》。

映画や小説では白皙の貴公子として描かれることの多い彼だが、れんげの知る安倍晴明はやっぱり酒好きのおじいちゃんである。

『それでまたのこのことやってきたのか』

れんげが差し入れた日本酒をいそいそと仕舞いつつ、渋い顔をして晴明が言う。黒い立烏帽子《たてえぼし》に白い狩衣《かりぎぬ》姿。背の丸まった小柄な老人が、そこにはいた。

今日も晴明神社は千客万来。景気が良くてまったくうらやましい限りだ。

まさか主祭神と会話しているなんて思われないよう、れんげはそ知らぬ顔で境内に立っていた。

クロはといえば、晴明が飛ばした人型の紙を追いかけて、あちこち駆けまわってい
る。公園でフリスビーを追う飼い犬のようだ。
（こんな印を残されたからには、ちゃんと最後まで三宮様に付き合わないと。お力添
えをお願いします）
その間に説明を済ませると、晴明は納得したようにこくりと頷いた。その手には、
さっき酒屋で仕入れてきたばかりの一升瓶が握られている。
『まあ、その志は立派じゃな。おぬしが日吉《ひえ》で遭遇したという神猿の言葉、あながち
間違いというわけではないぞ』
れんげは西本宮の楼門で出会った木彫りの猿に、痣が浮いた首が落ちると宣告され
ていた。だが、それがあまりにこちらを馬鹿にした態度だったので、れんげ自身あま
り本気にはしていなかった。
（本当に、この首が落ちると）
れんげは思わず、スカーフを巻いた己の首に手をやった。
相変わらず、痛みを感じるわけでも、息苦しさをおぼえるわけでもない。今朝など、
うっかりスカーフを巻くのを忘れかけたほどだ。
だが、鏡を見ると否が応でも思い知らされる。
それに、ここのところやけに暗い顔をしている虎太郎が――尋ねても理由は教えて

くれないのだが――どうやら自分がこの件で役に立てないことを気に病んでいるらしく、そのこともあって早く解決しなければと思っていた。

まあ就職活動中にナイーブになるのは、れんげにも覚えがあることだ。そういうときは下手な励ましなどちっとも役に立たず、無事就職先が決まることでしか気が晴れないと知っているので、こちらも敢えて指摘はしない。

何か力になりたいとも思うが、それには首の痣についての諸々を解決して、自分のことは心配しなくてもいいと胸を張って言えるようになってからである。

『いつの世も、人とは悩み多きものよのぉ』

そんなれんげの心を読んだのか、晴明が感慨深そうに言う。

(とにかく！『アコガメヲホリ』という言葉に心当たりはありませんか？)

三宮様こと鴨玉依比売神《かものたまよりひめのかみ》が、唯一残した手がかりだ。

しかしれんげには何のことだか分からず、こうして晴明を頼りにやってきた。

晴明は何を言っているんだとばかりに目を瞬かせると、すぐさまこう言った。

『そんなものは、そのままの意味に決まっておろう』

(わかるんですか？)

れんげには、それが日本語であるかどうかすら分からなかったのである。日本語としては意味が通らないし、響きからして中国語や韓国語ではないと思うだけで手がかりらしい手がかりは何もなかった。

しかし驚くれんげをよそに、何でもないような顔で老人は言葉を続ける。

『己が子に会いたいというのが、そんなに驚くようなことか』

（子供……？）

『そうとも。吾子《アコ》は我が子。目《メ》を欲《ヲホ》りは会いたいじゃ。我が子に会いたいと言っておるだろう。しかしこれはちぃとばかり、厄介じゃな』

謎の言葉を一瞬で解き明かした晴明ではあったが、少しばかり考え込むように眉を寄せた。

（厄介というと？）

『鴨玉依比売神の子と言えば――』

（どこにいらっしゃるんですか？）

ようやく、なかなか見つからなかった解決の糸口に手が届いた。

だが、晴明は大切なところで言葉を途切れさせてしまい、あとは難しい顔をするばかりだ。

催促するわけにもいかず待っていると、やがて晴明は言いづらそうに口を開いた。

『儂を頼ってきたのは、間違いだったかもしれんなぁ』

なんとも残念そうに言うので、一体どういう意味だと叫びたくなるのをれんげは必死で堪えた。

（とにかく、そのお子さんの居場所は分かるんですよね？　それなら教えてください。そのあとは自分で行ってみて確かめます。これ以上ご迷惑はかけません！）

れんげからすれば、最後の頼みの綱である。

いや、文献などを調べればあるいは分かるかもしれないが、この稀代の陰陽師の出す答えが間違っているはずがない。

以前はオカルトに懐疑的だったれんげではあるが、世話になっているこの老人のことは少なからず頼りにしているのである。

そんなれんげの勢いに押されたのか、晴明はぽつりとこう言った。

『瀬見《せみ》へ行け』

（せみ？）

それがどこのことだが、れんげはすぐには理解できなかった。

『今はなんと言ったか……ええいとにかく、賀茂《かも》の社へ行けばよい』

（賀茂って、あの上賀茂《かみがも》神社とか下鴨神社のあるあの？）

『そうじゃ』

ようやく行き先が定まって高揚するれんげをよそに、晴明は怖い顔で声を潜めた。

『だがまあ……十分に用心することじゃ。お前は狐を連れておるのでな』

(どういうことですか?)

問い返すが、晴明はそれ以上語ろうとしない。

仕方ないのでその場を去ろうとすると、晴明がれんげを呼び止めた。

『ところで、今日はあの男を連れておらぬのだな』

晴明の問いかけに、れんげははてと首を傾げた。あの男と言われて最初に思いつくのは虎太郎だが、ここに虎太郎と一緒に来たことはないはずだ。

では他の誰かということになるが、一体誰だろうかと黙り込んでいると。

『あのいけ好かない狐じゃ!』

興奮したように、晴明が叫んだ。

神とはいえ腰の曲がった老人姿なので、興奮すると血圧が上がるのではと心配になってしまう。

れんげはここでようやく、晴明が黒烏《くろお》のことを言っているのだと気がついた。

(別に、いつも一緒に行動してるわけじゃありません)

最近は、少しでも黒烏の話題が出ると虎太郎が怖い顔をするので、遭遇しないよう気をつけているほどだ。

まあれんげとしても、あの神使様とは色々あったので、顔を合わせるのは気まずいというのが正直なところである。

『そ、そうか……』

と言いつつ、納得していないらしい晴明が何か言いたげにこちらを見ている。

(なんですか?)

なんでも遠慮なく言う老人が、こうも言いづらそうにしているのは珍しい。

怪訝《けげん》に思い言葉を待っていると。

『さ、先ごろ宇迦之御魂大神が現世に顕現されあそばしたろ? 深草《ふかくさ》のお山はどのような様子じゃった?』

こう問われ、れんげの頭には更に疑問符が湧いた。そんなことは、わざわざ人間ごときに聞かずとも見通せる相手のように思われたからだ。

(なら本人に聞きますか?)

れんげがそう言うと、それまで気配を消していた小薄様が天音の姿を借りてその場に現れた。

実はこの方、日吉大社の出来事からこっち、面白そうだからとれんげについてきているのだ。

だがさすがに町中を出歩いては神様界での体裁が悪いということで、姿を消していたのである。

本当に神様界なんてものがあるのかとか、体裁が悪いとはなんだとかいろいろ思うところはあるが、姿を消してくれている分にはれんげも気を使わなくていいので、放っておいた形だ。

そもそも、相手は神様なのでついてくるなとも言いづらい。

『なっ！』

その瞬間、晴明は文字通り跳び上がって驚いた。いつもは黒烏に対してすら一歩も引かない老人なので、これにはれんげの方が驚いてしまったくらいだ。

『突然のお越しとは、悪趣味ですぞ……』

苦々しい言葉が、負け惜しみにしか聞こえない。一方優美な体を持つ白狐は、空中で寝そべりつつなんとも楽しげだ。

『うむ。知らぬ仲ではないのだ。大目にみてくれ』

晴明は恨みがましい目でれんげを睨みつけると、その場から姿を消してしまった。同時に、クロが楽しそうに追い回していた人の形をした紙もまた、どこかに消えてしまう。

さすがに悪いことをしたと思うれんげだが、今更遅い。

白と黒の二匹の狐は、どちらもおもちゃを奪われて残念そうな顔をしていた。

クロは別として、小薄様はずいぶんと意地が悪い。

こんなことならば日吉大社に置いてくるべきだったと、れんげは大いに後悔した。

こうしてれんげは、どうして用心するように言われたのかその理由も分からないままに、鴨玉依比売神の子を探すことになったのである。

⛩⛩⛩

賀茂の神とは、そもそも日向の曾《そ》の峯《たけ》――すなわち宮崎《みやざき》県の高千穂《たかちほ》の峯《みね》に降臨した賀茂建角身命《かもたけつぬみのみこと》を言う。この神は北へ北へと放浪し、やがて賀茂河の上流へと至った。この地を瀬見《せみ》の小川と言い、現在の下鴨神社にあたる。

賀茂建角身命は丹波の国の伊可古夜日女《いかこやひめ》を娶《めと》り、玉依日子《たまよりひこ》と玉依日売《たまよりひめ》の一男一女をもうけた。

この玉依日売こそ、れんげを翻弄する鴨玉依比売神《かものたまよりひめのかみ》である。

さて、重要なのはここからだ。

玉依日売が瀬見の小川で川遊びをしていると、赤く塗られた矢が流れてきた。玉依日売はこれを持ち帰り、床に祀って眠りについた。すると不思議なことに懐妊し、男の子を産んだという。男の子はすくすくと成長し、やがて元服を迎えた。

祖父にあたる賀茂建角身命はこれを祝い、神々を招いて七日七夜の祝宴を開いた。そして子に、己の父に酒を飲ませるようにと酒盃を渡すと、子供は「天にいる我が父にささげよう」と言って天に昇ってしまった。

残された玉依日売が御子に会いたいと願っていると、ある晩御子が夢枕に立ち、「吾れに逢《あ》はんとは、天羽衣《あまのはごろも》・天羽裳《もすそ》を造り、火を炬《た》き鉾《ほこ》を捧げ、又走馬を餝《かざ》り、奥山の賢木《さかき》を採りて阿札《あれ》を立て、種々《くさぐさ》の綵色《あやいろ》を垂《たれ》で、また葵楓《あおいかつら》の蔓《かずら》を造り、厳しく餝りて吾をまたば来む」と告げた。

　この言葉の通りにしたところ、御子は成人の姿となって神山に降臨されたという。

　この御子神こそ、上賀茂神社の主祭神である賀茂別雷大神《かもわけいかずちのおおみかみ》だ。

　クロが言うところの「すまほぅ」によりこのことを知ったれんげは、御子神である賀茂別雷大神に会うべく上賀茂神社へと向かった。

　この首に鴨玉依比売神が取り憑いているのならば、子と会うことで満足して痣が消えるのではないかと考えたからだ。

　けれど、この時れんげは一つだけ失念していた。

　それは安倍晴明が口にしていた、用心するようにという忠告だ。

　れんげは上賀茂神社の駐車場でタクシーを降りた。境内につながる鳥居は、朱塗りが色鮮やかだ。

　だが、その鳥居の前に立ちいざくぐろうとした瞬間、れんげの体はまるで金縛りにあったように動かなくなった。

何が起こったのかわからず、頭が真っ白になる。

必死に手足を動かそうとするのだが、動かし方を忘れてしまったかのようだ。

いつの間にか、周囲の観光客の姿も消えている。どうやらまたしても、神の領域に引き込まれてしまったらしい。

『れんげ様？　どうしたのですか。れんげ様⁉』

傍らにいたクロがすぐさま異変に気づき、叫ぶ。

それにこたえようと思うのに、口を開くことすらできないのだ。

クロが救いを求めるように、宙に視界を彷徨《さまよ》わせる。小薄様を探しているのだろうと、れんげは唯一自由になる頭の中で考えた。

『ほほう。これはなかなか――』

まるで何かに感心するような、小薄様の声が聞こえた。だがそれすらも、まるでラジオの電波が入らなくなったかのように、不自然に途切れる。

混乱していると、いつからそこにいたのか、鳥居の真ん中――つまりれんげの目の前に、白い狩衣姿の男が仁王立ちしていたのだ。

恰好は、安倍晴明のそれによく似ている。狩衣姿に烏帽子をかぶり、神職の男性なのかそれとも幽霊の類か判断に迷う。

それに、いかにも平安貴族じみた黒烏などと違い、男は眉が太く少し日に焼けがっしりとしている。正直武者だと言われた方が納得できる。

そんな男がこれ以上ないほど顔を怒らせ、こちらを睨みつけていた。相手が人間であったとしても、これほどの怒りを向けられては恐ろしさを感じる。なにせこちらは動けないのだ。襲いかかられたとしても逃げることすらできない。

目をそらすこともできず、じっと相手を見つめていると、男はおもむろに大口を開けて叫んだ。

『人の姿を語る女狐め！　神域に踏み入ろうとは何ごとかっ』

思いがけず女狐呼ばわりされたれんげは、自分が金縛りにかかっていたことも忘れて茫然としてしまったのだった。

⛩ ⛩ ⛩

男は自らを、賀茂家の当主だと言った。

れんげの金縛りはどうやら男の仕業だったようで、男が腕を一振りすると金縛りは嘘のように解けてしまった。

だが、言葉を途切れさせたまま小薄様の気配は消えてしまったし、クロも何か見えない圧力にでも耐えるように、すっかり怯えてしまっている。

「そこをどいてください」

目の前に立ちはだかる男に、れんげは言った。

とにかく上賀茂神社の中に入らないことには、その主祭神である賀茂別雷大神を探すことはできない。

『うるさい女狐。狐が人のような口をききおって』

賀茂家の当主というからには、この上賀茂神社にゆかりの人物なのだろう。

だがどうして、初対面で女狐呼ばわりなどされねばならないのか。

「言っておきますが、私は人間です」

『何？』

れんげの主張に、男は訝しげな顔をする。

「確かに狐を連れてますけど、私自身は正真正銘人間です！　なのに、女狐なんてのしられるいわれはないと思いますけど」

金縛りが解けたれんげは、冷静になると今度はむかむかと腹が立ってきた。賀茂家の当主だかなんだか知らないが、こんなに失礼な態度をとられる理由はないはずだ。

男のあまりの態度に、ついついボルテージが上がってしまう。日吉大社で猿にからかわれた時はさほど頭にこなかったのだが、相手が人の姿をしているのと動物の姿をしているのでは、どうにも勝手が違うらしい。

一歩も引かず対抗するれんげに、男も些か戸惑っているようである。

『な、なんと慎《つつし》みのかけらもない……』

慎んでいては、いつまでも話が進まないのである。

れんげは首に巻いていたスカーフを取り、己の首を指さした。

「ここに、玉依比売が残した痣があるんです。『あこがめをほり』って彼女の願いをかなえるために、私はここに来ました！」

いきなりこのカードを切ってしまうのは危険かもしれなかった。

なぜなら相手の男は、れんげの首に痣があろうがその痣によって首が落ちることになろうが、なんの関係もないのである。

むしろここに来た目的を正直に話すことで、邪魔をされる可能性もあった。

だが、いつまで睨み合っていても埒《らち》が明かない。男はどうやら、狐に対してよほど強い恨みがあるらしいのだ。

ここに来る前、晴明から受けた忠告が思い出される。

だが忠告されたところでクロや小薄様を置き去りにすることはできなかったし、こうなったら後悔するよりも状況を打開する努力をするべきだ。

そして男は、れんげの言葉に目に見えて動揺した。

『な、なんだと？』

その顔からは怒りの色が半分消えて、戸惑いが透けて見えた。

どうやらこちらの話を聞く耳は持ちあわせているらしい。

有無を言わさず門前払いされなくてよかったと、れんげは安堵のため息をついた。

だが、まだ気は抜けない。あとはどうやって、この男に話を信じてもらうかだ。

相手の疑念を振り払うように、れんげは畳みかけた。

営業をしていた時もそうだが、ここぞという時に畳みかけるのが交渉事のコツだ。

「そもそも、女狐女狐とおっしゃいますが、私は正真正銘人間です！　何を根拠に、私が狐だとおっしゃるんですか？　その証拠は？」

すると、男はむっとしたように言い返してきた。

『証拠も何も、狐を連れておるではないか』

そう言って、男はクロのことを指さした。

ただでさえ怯えていたクロが、体を大きく震わせる。

「この子があなたに、何かしましたか？　何もしてませんよね？　狐ってだけで一括りにしないでください。大体、一体いつからこの神社は狐の立ち入りを禁止してらっしゃるんですか？　そんなに狐が怖いんですか？」

早口でまくし立てると、男は悔しそうにうんうんと唸りだした。

怖いのかと指摘されたのがよほど悔しいらしく、まるで昔話の鬼のように顔を赤く染めている。

『怖いわけがあるか！　こんな赤子のような狐などっ』

「じゃあ通してください」

しばしの、沈黙。

男は長い長い苦悩の末に、れんげに道を開けたのだった。

⛩ ⛩ ⛩

――ついてくる。

ようやく上賀茂神社の境内に入ることのできたれんげだったが、その後ろからまるで見張るように先ほどの男がついてくるのだった。

それも、先ほどの言い合いが原因なのか、その機嫌は凄まじく悪いようだ。

それでも、一歩譲ってれんげを中に通してくれたあたり、まったく話の通じない人物でもないらしい。

鳥居からは、広々とした芝の広場に白い砂利の道がまっすぐ伸びている。

五月の葵祭では、勅使《ちょくし》を乗せた馬がこの道を疾走する。古くから、上賀茂神社と競《くらべ》馬《うま》は切っても切れない関係にあった。

「それにしても、どうしてそんなに狐を嫌うんですか？」

後ろをついてくる男に、前を向いたまままれんげは質問を投げかける。

なぜ怒っているのかわからない相手が後ろにいるというのは、あまり楽しい状況ではないからだ。

といっても、返事が返ってくるかは五分五分だった。

れんげに道を譲ってからこっち、男は不機嫌そうに黙りこくっていたからだ。

境内に植えられた枝垂れ桜の見事な枝ぶりに、春にはさぞ美しいだろうなぁと暢気《のんき》な感想を抱いていると。

『……嫌いだからだ』

一瞬、何を言われたのか分からなかった。

それは男の外見にそぐわない、いじけた子供のような声音だったからだ。

「は？」

『だから、嫌いだからだと言ったんだ！』

聞き返したら、怒鳴られた。

れんげもどちらかと言うと短気な方だが、この男のそれは度を越えている。

「狐が嫌いだから、私たちを追い返そうとしたんですか？　あなたの個人的な事情じゃないですか」

そんな理由で、追い返されては堪《たま》らない。

なにせこちらは、自分の首がかかっている。それも比喩ではなく、本当に首《いのち》がかかっているのだ。

『個人的ではない。これは賀茂家の総意だ』

れんげの反応が気に入らなかったらしい。男は不服そうに言った。

「そもそも、その賀茂家ってなんですか？」

男が賀茂家の当主だという話は聞いたが、その賀茂家がどういう家系なのかは聞いていない。名前からしてこの上賀茂神社に深く関わっている一族なのだろうとは思うが、それだけである。

れんげが何気なく問うと、男は一瞬立ち止まり、すぐにれんげに追いついてきた。

そして乱暴に、れんげの腕を掴む。

「痛っ！」

首を絞められたり腕を掴まれたりと、人外の存在はどうにも乱暴だ。こちらは人間なのだから、もっと手加減してくれと心底思う。

『れんげ様に何をする！』

萎縮していたクロが、それでもれんげを守ろうと精一杯男を威嚇する。

一瞬にして一触即発の状態となり、れんげは焦った。

せっかく中に入れたというのに、これでは追い出されかねない。

ところが。

『す、すまない！』

そう言うと、男はものすごい勢いでれんげの手を離した。掴まれた時よりも勢いが強くて、一瞬脱臼を疑ったほどだ。

何をしてくれるんだと睨みつけようとしたら、相手は睨み返してくるどころか、本当に申し訳なさそうに背中を丸めていた。

どうやら本当に、悪気があったわけではないらしい。

れんげはもう一度、ため息をついた。早く賀茂別雷大神のところに行きたいのは山々だが、まず先にこの男のことを解決すべきかもしれない。

れんげは芝生の一角に座り、男の話を聞くことにした。

「謝るなら、せめてなんで怒っているのかぐらい話してくれませんか？」

突然座り込んだれんげに、男は驚いたようだ。しばらく懊悩《おうのう》するように立ち尽くしていたが、やがて観念したのかれんげの隣に腰を下ろした。

それでも男は、しばらく黙り込んでいた。

話をするに値しないと思うのか、それとも何か言いづらい事情があるのか。

急かしても仕方がないのでのんびり待っていると、やがて決心したらしい男が口を開いた。

『……お前は、本当に何も知らないのだな』

それはれんげを馬鹿にしているのではなく、改めて確認するような声音だった。だかられんげは、素直にその言葉に頷いた。

男は遠い目をして言った。

『我が賀茂家は、秦氏《はたし》に起源をもつ祭祀の一族だ。玉依日売と兄妹である玉依日子の子孫と言われている』

やはり、賀茂家とはこの上賀茂神社に深い関りを持つ一族だったらしい。

それにしても、秦氏とはどこかで聞いた名だ。

あれはどこだっただろうかと、れんげは首を捻った。

その脳裏に、神田《しんでん》へ帰っていった迷子の白鳥が思い出される。確か伏見稲荷大社の起源に描かれる白鳥は、地域の豪族である秦氏が弓で射た餅が白鳥へと変わったという話だった。

あれから半年も経っていないはずだが、はるか昔の出来事のように感じられるから不思議だ。

そして男の言葉を信じるなら、この狐を嫌う男は伏見稲荷を祀っていた一族と、祖先を同じくするということになる。

「秦氏の子孫ならなおさら、狐を嫌うのはおかしいのではありませんか？」

つい思ったままを口にすると、男は心底嫌そうな顔で言った。

『子孫と言っても、秦氏のすべてが血を同じくするというわけではない。神代の昔より、この日本《ひのもと》のあちこちに暮しておるのだ。大陸からの渡来人を総じて秦氏と呼んだと考える方が、はるかに自然だろう』

そんなにあちこちに暮している一族だったのか。

初めて耳にする話で、れんげはどう反応していいものか悩んだ。

『我が賀茂家は、古くから陰陽道の大家《たいか》として帝の信頼篤く、代々陰陽頭《おんみょうのかみ》を歴任しておる』

陰陽頭とは、朝廷において卜占《ぼくせん》や暦づくりを司る陰陽寮の長官である。平安の時代、陰陽師が持つ天文の知識は国家の機密事項であり、他言を厳しく禁じられた。また、陰陽寮所属の陰陽師以外の者が星を読むことも禁じられていた。

そのことからも、彼らの造る暦や卜占が当時の国家にとっていかに重要であったかが伝わるだろう。

当時の帝にとって、卜占は単なる占いではなく、国を運営するための重要な指針であったのだ。

それにしても上賀茂神社と陰陽師が繋がるなんて、今の今まで考えもしなかった。

れんげの脳裏に、陰陽師の知り合いなど一人しかいない。そしてその人物は、この地へ来るにあたり警鐘を鳴らしていたのだと思い出す。

であれば——もしかして。

「安倍晴明さん——をご存じですか？」

ある種確信めいたものを抱きつつ問いかけると、穏やかになりつつあった男の顔が再び鬼のように険しいものになった。

『やはり、おぬし晴明の手の者か！』

男は素早く立ち上がり、その手に晴明が使うのと同じ人型に切った紙のようなものを取り出した。

これにはれんげも、脱力感を禁じ得なかった。

なんてことはない。安倍晴明は自身が賀茂氏と折り合いが悪いので、あらかじめこうなることを予見していたのだろう。

だからこそ気をつけるようにと忠告してよこしたのだ。

「落ち着いてください。つまり、あなたは晴明さんと不仲なので、狐が嫌いで、更に言うなら私のことを女狐扱いしたということでいいですか？」

なにせ晴明は、伏見稲荷の神使である黒烏に弟と言われる男である——本人は否定していたが。

実際に血縁関係にあるかどうかは置いておいて、晴明が狐と関係あるのは間違いないらしい。そのことについては、本人も否定していなかった。

れんげが状況を整理したことで出鼻をくじかれたのか、男は不満そうな顔で頷く。

『そうだ』

どうやられんげの理解に間違いはないらしい。

間違いであってほしかったと、頭を抱えたくなる。

晴明も晴明だ。あんな分かりにくい忠告の仕方ではなく、あらかじめ自分と仲の悪い相手がいるから気をつけろと言ってくれればよかったのだ。

そうすればせめて、突然の金縛りに驚いたりはしなくて済んだだろう。

それに、この男の話に付き合って、こんな風に時間を浪費しなくて済んだはずだ。

「だったら別に、親しい相手というわけではありませんよ。ここに来るよう助言はいただきましたけど」

れんげがそう言うと、明らかに相手の目の色が変わった。

『なんだと、晴明が？』

身を乗り出してきた相手に気圧されつつも、れんげはいかに自分が晴明と薄い縁であるか証明するのに苦心した。

「そうです。正しくは、賀茂の社に行くように言われました」

上賀茂神社と下鴨神社の二社のうち、上賀茂神社を選択したのはれんげだ。玉依比売の御子神を祀るこちらの方が、子を求める玉依比売の願いには相応しいと思った。

れんげの言葉に、男は戸惑ったようだ。

先ほどまで燃え盛っていた怒りは鳴りを潜め、今度は迷うような顔をした。怒っていいのか喜んでいいのか分からない、という顔だ。

『晴明が私を頼れと言ったのだな？』

そんなことは一言も言っていないのに、どう曲解したのか男の中ではそういうことになってしまったようだ。どうも晴明のことは嫌いだが、晴明に頼られるのは悪い気はしないということらしい。

なんとも複雑な男心だ。

れんげは何度目か分からないため息をついた。

ここは訂正するよりも、男の勘違いに合わせた方がよさそうだ。

「まあ、そのようなものですね」

すると、相手は目に見えて上機嫌になった。

『ふふふ、ついに晴明も、この賀茂光栄《かものみつよし》が陰陽の巧者と認めたか！』

何をどう勘違いしたものか、男の中ではすっかり晴明に頼られたという話にすり替わっているようだ。

別にそう勘違いされても問題はないように思われたので、れんげは敢えて訂正もしなかった。それにしてもこの光栄という男は、どうしてこんなにも安倍晴明にこだわるのだろうか。

「あの、光栄さんは一体安倍晴明さんとどういう関係なんですか？」

疑問に思って問うと、光栄はにやけた顔を引き締めた。

『……兄弟子だ』

「え？」

『兄弟子だと言っただろう！』

聞き取れなかったので聞き返したら、また怒鳴られた。

どうにもこの陰陽師は、大変短気な性格らしい。

れんげには、目の前の男と老人姿の晴明が、兄弟子であるというのが大変奇妙に感じられた。

おそらくそれは孫ほどにも年齢が違うように見えるせいだ。

どちらも過去の人なのだから見た目で比べても仕方ないのだが、あの老人がこの青年を教え導いているところなどまったく想像がつかない。

それに兄弟子というだけでは、晴明を嫌うあまり狐ごと忌み嫌う光栄の態度も説明がつかない。

それに、兄弟子ということは、晴明もまた光栄と同じように誰かに師事していたということだ。

いつも泰然としている相手だけに、その様子が想像できない。

「師匠はどなたなんですか？」

『なんと、そんなことも知らんのか』

「すみません。歴史に疎くて」

申し訳ないが、平安時代の人間の来歴までは調べていない。

『我が父保憲《やすのり》だ』

その言葉を信じるなら、つまり光栄は晴明の師匠の子供ということになる。

なるほどとれんげが頷いていると、まだ語り足りないのか今度は光栄の方から勝手に語り始めた。

『そもそもあの男は、我が祖父忠行《ただゆき》に仕えていたのだ』

つまり晴明は、光栄の祖父である忠行とその息子保憲に続けて仕えたことになる。

それだけ聞くと、晴明と賀茂家はまるで家族のように親交が深かったと思えるのだが。光栄が腹を立てている理由が、より一層分からなくなる。

そしてその疑問は、光栄の次の一言によって解き明かされることになった。

『あろうことかあの男は、我が父保憲の功績を我がものとして成り上がったのだ！』

それは思いがけない言葉だった。

「どういうことですか?」

『どうもこうもない!』

それから続いた説明は、まとめると次のような内容であった。

天徳四年(九六〇)のちょうど今頃のことだ。夜半に火が出て、瞬く間に内裏が炎の海となった。被害は甚大で、平安京に遷都後初めて内裏が全焼するという大火事だった。

この時、内裏に保管されていた宝物の多くも消失してしまった。

その中に、四十四柄の御剣が存在した。御所に収められている剣であるから、もちろん普通の剣ではない。

特に重要な〝破敵《はてき》〟〝守護《しゅご》〟という一対の剣が存在し、これらは霊剣であった。

〝破敵〟は大将軍に指揮権を与える役目を持った剣であり、〝守護〟は宮中に安置することで内裏を守る役目を担っていた。

この剣にはそれぞれ、十二神、日月、五星が刻まれていた。どれも、陰陽道には関わりの深いファクターである。

当時陰陽頭をしていた賀茂保憲は、この御剣に刻まれていた文様を進上し、刀を再鋳造《ちゅうぞう》させた。

ところがそれから三十七年後の長徳三年（九九七）。晴明はこの刀の鋳造《ちゅうぞう》は自らの手柄であると語った。そして人々は、それを信じた。

その後安倍晴明の子孫である土御門《つちみかど》家は陰陽道の大家として賀茂家以上に栄えることになり、光栄の怒りは留まるところを知らぬというわけである。

正直なところ、現代人であるれんげには剣の鋳造の重要性がいまいち分からない。だが分からないなりに、光栄の主張が真実であれば大変なことだということぐらいは理解できる。

そういう理由があったのであれば、初対面でいきなり金縛りにされたことも、女狐呼ばわりされたことも、納得はできないが理解はできる。

実際、れんげは晴明の言葉を頼りにこの地へやってきたのだ。そのれんげを光栄が邪険にするのも、仕方のないことのように思われた。

だが、それはそれ、これはこれである。

分かるとはいえこれ以上邪魔をされるのは困るし、晴明への不満をぶつけられたところでれんげにはどうすることもできない。

彼らの生きた時代から、すでに千年近い時が流れているのだ。

そしてれんげは、大きなミスを犯した。

原因は一つ。光栄は話の通じる相手であると、誤認してしまったことだ。

これまでの会話を通じて、光栄はもう大丈夫なのだと、その怒りの矛先が自分に向くことはもうないのだと、無意識のうちに判断していた。

古来より、霊の抱く恨みつらみは恐ろしいものである。

これまでの経験かられんげもそのことは十分理解していたはずだが、光栄のある意味人間らしい態度により危機感が薄れていたのだろう。

「お話は分かりました」

光栄の話を聞き終えたれんげは、立ち上がって服についた芝を払いながら言った。

「悔しいのは分かりますが、私にできることはなさそうです。悔しいのなら、晴明さんに直接おっしゃった方がいいと思いますよ」

それがれんげの、偽らざる気持ちであった。

どう考えても、当事者同士の話し合い以外では解決のしようがない事案だと感じていたからだ。

だがそんなれんげの言葉が、光栄の怒りを買った。

『なんだと？』

「ですから――」

『やはりお前は、あのずる賢い狐の眷属《けんぞく》であったか！　どれだけ私を愚弄《ぐろう》すれば気が済むのだ！』

穏やかに戻りつつあった光栄の顔が、出会った時と同じように怒りに染まった。

いや、今度は先ほどよりもひどい。

皮膚の上から見てもわかるほど血管が浮かび上がり、目は白く濁ってしまった。

その剣幕に、れんげは慄《おのの》き、少しでも距離を取ろうと後ずさる。

『れんげ様！』

成り行きを見守っていたクロが、れんげを庇《かば》うように前に出た。

光栄が発する怒りの波動を感じ取っているのか、全身の毛を逆立てたクロは一回りほど大きく見える。

『許さんぞ晴明！』

そう叫んだかと思うと、光栄は口から黒いもくもくとした雲を吐き出した。

雲は霧散することなくどんどん体積を増し、あっという間に見上げるような巨大な塊になった。

れんげはその様子に釘付けになる。体は動かそうと思えば動いたが、目の前の雲に背を向けることが、なぜだかひどく恐ろしく感じられたのだ。

そして見上げるような雲の塊は、やがて翼をもつ巨大な烏となった、ただの烏ではない。その足は三本。

賀茂の神の使いである、八咫烏《やたがらす》である。

八咫烏はカァと鋭く一声鳴いた後、その巨大な翼をはためかせ、その場に突風を巻き起こした。

見上げるような巨大な鳥が相手である。突然の突風に、れんげとクロはなすすべなく吹き飛ばされる。

天地が逆さまになり、れんげはひどい恐怖を覚えた。このまま叩きつけられれば、ただでは済まない。

息もできないような強風の中で、れんげはついに意識を失ってしまった。

その刹那、風の音がなぜか泣き声のように聞こえて、ひどく耳に残った。

虎太郎の甘味日記　～冷やし飴編～

就職試験の面接で打ちのめされて帰宅してみると、家の中には物理的に打ちのめされたズタボロのれんげの姿があった。

「れ、れんげさん⁉　どないしはったんですかっ」

虎太郎が慌てるのも無理はない。なにせれんげは、自分が使っている部屋にたどり着くことすらできず、虎太郎の部屋でうつぶせになって力尽きていたのだ。普段は小さい姿でいるクロも、大きな姿でれんげの横に横倒しになっている。

しかも身にまとっている服はあちこち破れたり千切れたりと、爆発にでも巻き込まれたのかと見まがうようなひどい有様だった。

声をかけても反応がない。どうやられんげは意識がないようだ。

抱え上げてあお向けにすると、すうすうとかすかな寝息が聞こえた。最悪の事態まで想像していた虎太郎は、その寝顔を見てようやく安堵したのだった。

だが、眠っているだけとはいえ異常事態に違いはない。虎太郎は頭を打っている可能性を考え慎重にれんげを横たえると、まずは何をすべきかを考えた。

改めて観察してみると、れんげの様子はどうにも妙だ。

靴を履いたままだし、顔にも砂がついている。

仮にれんげが自らの足で家にたどり着いたのなら、どんなに疲れていたとしても靴は脱いだだろうし顔の砂ぐらいは落としただろう。

なのにこの状態はどうだ。

まるで爆発が起こって、偶然この家の中まで飛ばされてきたかのようじゃないか。

自分の考えをまさかと思いつつ、虎太郎は周囲を見回した。

当然のことながら、爆発の形跡などどこにもない。考えられる可能性としてはガス爆発や埋まっていた不発弾だが、そんな事故が起きていたら家に入る前に気づいただろう。虎太郎の家があるのは住宅地だ。大騒ぎになるだろうし、緊急車両が来ていないのもおかしい。

とにかく原因を追究するのは後にして、虎太郎はれんげを病院に連れて行くべきか迷っていた。

ひどい状態のわりに、れんげの寝顔は安らかそのものだ。その顔には苦痛の影すらない。ざっと見たところ大きな怪我もないようだ。

だが、頭を打っている場合のことも考えて病院で精密検査を受けるべきだろうとか、やはり万が一の時のため救急車を呼ぶべきだろうかという考えが過る。

後から大きな障害が見つかって、手遅れになってからでは遅いからだ。

逡巡していると、突然部屋の中に白い狐が現れた。見慣れたクロとは違う、白い毛皮を持つ優美な狐だ。

『ちょうどいい。家主が戻ったか』

低く重々しい声が狐のものだと気がついたのは、一拍後だ。

「あなたは……」

『案ずるな、眠っているだけだ』

それがれんげとクロのことを言っているのだと気づき、虎太郎は安堵した。

どうしてだか、この狐は信用できる相手だと思った。

『いつまでも見守っていたいが、そろそろ刻限だ。どうか代わりに、この娘を助けてやってほしい』

そう言うと、白狐は器用に空中でぺこりと頭を下げた。

そして虎太郎が呆けている間に、ぴょんと跳び上がったかと思うと、そのまま姿を消してしまう。

「ん……」

一体何だったのか。まさに狐につままれたような気分でいると――。

れんげが身じろぎをした。

虎太郎は慌てて、その様子を見守る。

数回の瞬きの末ゆっくりと目を開いたれんげは、状況が分からないのかぼんやりと天井を見上げていた。

「れんげさん、よかった……」

白狐には眠っていると言われたが、やはり実際に無事な様子を見ると、安堵で力が抜けていくのが分かった。

『ふぁ、ここはどこですかー？』

横倒しになっていたクロも、目をこすりつつ起き上がってくる。その様子はまさしく寝起きのそれで、虎太郎は嬉しくなった。

だが、まだ完全に安心はできない。どうしてこんなことになったのかを確かめねば、また同じことが起こるかもしれないからだ。

「れんげさん。とりあえずお風呂場で砂を落としてきてください。傷の手当てをしたら、何があったか話してくださいね」

率先してれんげに巻き込まれると決めた虎太郎だ。

たとえそれがどんな話であっても、ちゃんと聞いて協力すると決めていた。

⛩⛩⛩

一通り話を聞き終えた虎太郎は、やはり無理やりにでもついていくべきだったと後悔した。

だが、それを言ってはまた喧嘩になりかねない。

れんげは、虎太郎に迷惑をかけることを極端に嫌がるのだ。

夕食の用意をしつつ、一体どうすればれんげは自分を頼ってくれるのだろうかと考える。頼ってくれと言ったところで、素直に聞き入れてくれる相手ではない。

頼りがいのある男になろうと努力はしているが、それでも就職先すら決められない有様の自分が情けなくて余計に落ち込んでしまう。

夕食を終えた後、虎太郎は冬になったら飲もうと思っていた『とにまる』の『ひやしあめ』を引っ張り出してきた。『とにまる』というのは、宇治で飴づくりを営む岩井製菓のブランドだ。

関東の人間にはなじみの薄い冷やし飴だが、その製法はシンプルだ。米飴をお湯で解いて生姜のしぼり汁を加える。夏はその名の通り冷やして飲むし、冬にはお湯で溶かして飴湯として頂く。

市松模様にウサギのロゴが入った直方体の可愛らしい箱を開けると、茶色い飴が入った小さな瓶が出てくる。大きくウサギのロゴが入った蓋を開けると、どこか懐かしいような匂いがした。

「何の匂い？」

その匂いにれんげも気づいたらしい。先ほどまでれんげを守れなかったと落ち込んでいたクロも、今はふんふんと匂いを嗅ぐのに夢中になっている。

スプーンですくった冷やし飴をコップに入れ、冷えた炭酸を注ぐ。

しゅわしゅわと泡のはじける音がした。すでに肌寒くなってきているけれど、たまにはこういうのもいいだろう。

「れんげさんもどうぞ。冷やし飴です」

ちゃぶ台の上に置くと、まるで子供のような顔でコップに手を伸ばした。そういえば、和菓子を食べる時も彼女はよくこんな顔をしている。初めてのものを食べる時、どうもこんな顔になるらしい。

「そういえばれんげさん。知ってはりますか？」

「何を？」

冷やし飴の入ったコップを傾けつつ、虎太郎は言った。

懐かしい味に、炭酸のピリリという刺激がいいアクセントになっている。

「飴ってね、最初の天皇さんが作らはったんですって」

「天皇が？」

「ええ、神武《じんむ》天皇って方なんですけどね」

「天皇陛下自ら飴を作ったんだ」

れんげもまた、コップを傾け小さな笑みを浮かべる。どうやら口に合ったらしい。

そういえばと、虎太郎は思う。一人で和菓子を楽しむだけだった自分が、もっといろいろな人に京都の和菓子の魅力を知ってほしいと考えるようになったのは、れんげと出会ったからだ。

「奈良時代にはすでに飴のことが書物に書かれてるんですけど、当時は神様への捧げものだったらしいです。飴も貴重やったやろうし」

「そんなに昔に、日本に砂糖があったの？」

れんげは驚いた顔をした。

確かに現代のような、白い砂糖が日本に入ってきたのは江戸時代になってからだ。

「その頃は、米もやしを煎じて飴を作ったらしいです」

言いながら、やはり自分はこんな風に甘い物の話をするのが好きだなと思った。

面接官に現実を見せられたからと言って、好きな気持ちが変わるわけではない。

そこに至る道がいくら困難だからといって、諦めるのは馬鹿げている。夢とはたいていどんなものでも易しくはないのだ。

驚かされたり心配したりしている間に、虎太郎の落ち込んだ気持ちはいつの間にか吹き飛んでいたようだ。

虎太郎は心の中で、れんげに感謝した。

それでも、こんな方法で驚かされるのは今後遠慮願いたいと思った。好きな女性が傷だらけで喜ぶ男など、きっとそうそういないと思う。

五折

あこ

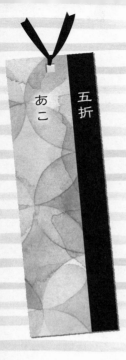

どうしても虎太郎が一緒に行くと言ってきかないので、れんげはしぶしぶ虎太郎を連れて晴明神社へと向かった。

なにせ、上賀茂神社であんな目に遭ったのはほとんど晴明のせいである。せめてもっと詳細に忠告するなり、しておいてほしかった。

すると、やはり罪悪感があるのかなんなのか、バスで晴明神社についてすぐ、それもバスから降りて地面に足をついた瞬間、おかしな世界に取り込まれたのが分かった。

先を歩いていた虎太郎も、不思議そうに辺りを見渡している。

バスは忽然《こつぜん》と消えており、いつも観光客で混み合っている晴明神社がもぬけの殻だ。

そして五芒星が書かれた鳥居の下にちんまりと、見覚えのある小柄な老人が立っていた。心なしか、少しばつが悪いような顔をしている。

「その顔だと、こちらの要件はお分かりのようですね？」

冷たくれんげが言うと、晴明は気まずげに目を泳がせた。

『そう睨むな。あるいはと思っておっただけじゃ』

一方虎太郎はといえば、初めて会った安倍晴明に唖然としてしまった。身長は一メートルもない、腰の曲がった老人だ。事前に聞いていなければ、からくり人形か何かと勘違いしていただろう。

それに、虎太郎が持つ陰陽師安倍晴明のイメージとも大きく違っている。ドラマや映画などで美男子のイメージが強い彼だが、目の前の姿とそのイメージとの類似性は皆無だ。いや、服装はかろうじて同じだけれど。

『なんだ、今日は男を連れてきたのか』

そう言って、まるで品定めでもするように虎太郎を見る晴明に、れんげのイライラは更にヒートアップした。

「そんなことより！　上賀茂神社の神様に会えなくて苦労してるんです。お供えしたお酒の分は、働いてもらいますからね」

あの光栄をどうにかするには、晴明の協力が不可欠である。彼を退治しろとまでは言わないが、どうにかなだめてもらわないといつまでたっても賀茂別雷大神《かもわけいかづちのおおかみ》を詣《もう》でることができない。

首に危険な痣を抱えている以上、れんげとしてものんびりはしていられないのだ。

『わかったわかった』

そう言う晴明に案内され、れんげと虎太郎、それにクロは、鳥居の奥にある寝殿造の屋敷に案内された。以前来た時にはこんな建物はなかったはずだ。というか、地図上の敷地と比べて明らかに屋敷が大きすぎる。以前訪れた時に見た晴明の石像などもどこにも見当たらない。

『さっさと中に入れ』

唖然としていた二人に、晴明が声をかける。

クロなどは、好奇心が刺激されるのかすでに中に入りあちこち匂いを嗅いでいる。

壁のない板間の部屋に落ち着くと、奥から女房が盃を運んでくる。この女房も足元が裳《も》ごと透けている。

晴明はどこからかれんげのお供えした日本酒を取り出した。舟屋《ふなや》で知られる京都は伊根《いね》のお酒である。向井酒造の『京の春』山廃《やまはい》仕込み。

晴明は四口の盃に酒を注ぎ、その上になにやら黄色いものを振りかけた。

不思議に思って見ていると。

『これは菊じゃ』

言われてみると、それは確かに菊の花びらだった。

『菊には、邪を払う力がある』

すると虎太郎が、得心したように言った。

「確かに和菓子にも、今の時期は着せ綿なんかがありますね」

「着せ綿？」

耳慣れない言葉だ。

れんげが問い返すと、虎太郎はスマホを取り出してその画面を見せてくれた。映っているのは、菊を表現したらしい薄紅色の練りきりだ。けれどその上に、白いそぼろがふんわりとのせられている。

「九月八日に菊の花に真綿を置いて、翌日の重陽の節句に夜露を吸った真綿で体を拭うと穢《けが》れが払われ長寿になるって言い伝えがあるそうです」

虎太郎の説明に、晴明が付けたしを入れる。

『だが、新たな暦では重陽に菊など咲きはせん。名残があるのは菓子くらいよ』

そういわれてみればと、れんげも思い出すことがあった。

七月に走り回った祇園祭だ。その中に、菊水鉾という鉾があった。虎太郎のために『したたり』を買い求めたのでよく覚えている。

確か菊水鉾に載っている稚児人形は、菊の露を飲んで長寿になった童子にちなんでいるのではなかったか。

とにかく、菊の花弁が乗った盃が、三人と一匹の前に並んだ。

『お前の言う通り、この酒の分は仕事をしようじゃないか。さあ呑《の》め』

意地の悪い笑みを浮かべる晴明に嫌な予感を抱きつつも、解決策を願ったのはこちらの方である。

れんげはちらりと虎太郎の様子を伺った。虎太郎はお酒がからきしなのだ。盃一杯の日本酒すら厳しいかもしれない。

だが、虎太郎は意を決したような顔をすると、止める間もなく菊の浮かんだ酒を勢いよく呷ってしまった。

「ちょ、大丈夫⁉」

これにはれんげも慌てた。ただの酒であっても心配なのに、晴明が術をかけた酒などより一層心配になるだけである。

すると続いてクロが、こちらはもう飲んでもいいのかとばかりに盃をぺろぺろと舐め始めた。

その顔には、至福としか表現のしようのない色が浮かんでいる。

戸惑うれんげに、虎太郎は驚いたような顔で言った。

「凄《すご》い！　これお酒ですか？　まるで水みたいや」

『ほう、なかなかの酒だ』

見ると、晴明も己の盃を傾けていた。

完全に後れを取ったれんげは、えいやとばかりに盃を呷る。

流れ込んできたのは、まるで清水のごとき酒だった。口当たりは柔らかく、菊花の香りが鼻から抜けていく。

れんげはほうとため息をついた。こんな場面でなければ、もっと酒のうまさに感じ入ることができただろう。

「これで、光栄さんに邪魔されることもなくなるんですか？」

れんげが問うと、晴明は腕を組んで難しい顔をする。

『まあ、完全にとは言えん。だが動きを邪魔されることはなくなるだろう』

昨日、上賀茂神社に着いた途端金縛りにされたことを思い出し、確かにそれは助かるなと思った。だが、対策が完全でないというのは不安が残る。

「じゃあ、本殿まで駆け抜ければどうにかなりますか？」

一応、上賀茂神社の境内がどのようになっているかは、事前に地図を見て頭に入っている。

一の鳥居から二の鳥居までかなりの距離があるので、自分で言っておいてなんだが、かなり難しそうな気がした。

れんげの疑念を感じ取ったのだろう。晴明はやれやれとばかりに首を振ると、老人とは思えない素早さで立ち上がり、そして言った。

『なに、光栄は儂が抑える。これは儂の因縁だからな』

そう言って、なぜか晴明は悲しげな顔をした。

⛩　⛩　⛩

上賀茂神社へは、タクシーで向かった。

運転手には見えていないのだろうが、助手席にちょこんと腰を下ろした晴明は、ミスマッチで少し笑えた。

笑えるのはいい兆候だと思う。隣を見ると、虎太郎が少し緊張したような顔でいた。

ちなみにクロは、子狐の姿で二人の間に収まっている。

前回と同じように鳥居前のロータリーで車を降りると、すでにそこには白い狩衣姿の光栄が待ち構えていた。

『よくものこのこと顔が見せられたな！』

光栄の顔は、もはや人とは言えなかった。額から二本の角が生え、口からは鋭い牙が飛び出していた。

空に暗雲が垂れ込め、ゴロゴロと雷の音が鳴り響く。

一瞬、れんげの脳裏に怨霊という言葉が過る。平安京は長年、怨霊に苦しめられた都市であった。実際には偶然起きた伝染病や飢饉《ききん》を怨霊の仕業だとしたせいかもしれないが、それでも当時の人は確かにそれが怨霊のせいなのだと信じていた。

晴明は大きなため息をついた。

『賀茂家の当主でありながら、憎しみに呑まれて鬼となったか……』

その声からは、呆れや侮蔑《ぶべつ》よりもむしろ深い悲しみが感じられた。

光栄から晴明の所業を聞かされているれんげは、一体どちらを信じればいいのかわからなくなった。

れんげ自身、東京で上司に不祥事を押し付けられて解雇になった身だ。なにも上司を取り殺したいとは思わないが、それでもその相手に晴明のような態度を取られたら、お前のせいだろうと怒鳴り返したくはなる。

だが、れんげの目的はあくまで上賀茂神社の主神である賀茂別雷大神と、その母鴨玉依比売神を会わせることにある。

「れんげさん」

小声で呼びかけられ、ふと見ると虎太郎が手招きをしていた。彼は鳥居の向こうにある本殿の方角を指さしている。

れんげとクロ、それに虎太郎はそれぞれ頷きあうと、光栄に気づかれないようじりじりと鳥居へ向かった。

そして鳥居を越えた後は、全力で二の鳥居までの道を駆ける。実際には一五〇メートルほどだが、もっと長く感じた。

なんとか光栄に邪魔されることなく二の鳥居をくぐると、細殿《ほそどの》の前に白い砂で円錐形の山が二つ綺麗に形作られていた。

頂にはそれぞれ、二本と三本の松の葉が立てられている。これはそれぞれに陰と陽を現していて、陰陽道の大家であった賀茂家の名残だ。

綺麗に砂の整えられた境内はそれは見事なものだったが、残念ながられんげたちにゆっくり見物して回るような余裕はない。

「本殿はこの奥だから」

そう言って、息を切らしながら更に奥へ向かう。

授与所を横目に石橋のような樟橋《くすのき》を渡り、絵馬掛けの前を抜けるとそれは見事な朱塗りの楼門が目の前に現れた。

楼門をくぐるのとほぼ同時に、近くで雷が落ちたような轟音《ごうおん》が響いた。一の鳥居の方角だ。地響きがこちらにまで伝わってくる。

晴明は無事だろうかと心配になるが、確かめるすべはない。

「とにかく、先に目的を果たしましょう」

れんげの逡巡に気づいたのか、虎太郎が言った。

確かに、今戻ったとしてもれんげたちにできることはない。二人と一匹は、更に歩を進めた。

楼門をくぐると、中門まで石の階段が続いていた。向かって左にまだ新しい授与所があり、右手に祈祷殿が建っている。

れんげたちは、本来参拝客には立ち入りを許されたない中門から、柵を飛び越え中に入った。

中門からは、透廊《すいろう》と呼ばれる渡り廊下が伸びている。この廊下が不思議な形で、中門の向かって右側からも斜めの廊下が伸びてきて、合流している。

透廊の突き当りには、本殿と権殿《ごんでん》が仲良く並んでいた。

賀茂別雷大神がいらっしゃるのは、向かって右の本殿だ。左側の権殿は、遷宮《せんぐう》の際に一時的に神にお移りいただくために存在している。

運動不足が祟って、すっかり息が切れている。

やっとここまで来たと思い、れんげは本殿の前で足を止めた。

『なにものだ』

厳《いか》めしい顔の、狛犬が口を開いた。日吉大社と同じ、七本の尾を持つ狛犬だ。

日吉大社も上賀茂神社も、同じく陰陽道の影響を受けている。七という数字は、陰陽道では重要なファクターである北斗七星と通じる。

狛犬に構わず、れんげは長い年月を感じさせる廊下に膝をついた。

こんな時、なんて祈ればいいのかは皆目見当がつかない。どう呼びかければいいのかも、何も分からない。

だが、ここまで来た。

首の痣を消したいという思いはもちろんあったが、何より吾子《あこ》に会いたいという鴨玉依比売神の願いを叶えたかった。

どうしてかは分からない。

れんげには子供がいない。結婚もしたことがない。だから母親がどれほど子供を愛しく思うか、我がことのようにその痛みを感じることはできない。

けれど、祠を直してほしいでも、お山に帰りたいでもなく、ただ我が子に会いたいという願いを口にした鴨玉依比売神《かものたまよりひめのかみ》。

工事現場に祟りをもたらした恐ろしい神が持つ、子を想う母という別の顔。

神輿として洛中に持ち込まれ千年以上。

朽ち果てた祠に残る哀れな神の願いを、れんげはどうしても叶えたかった。

あるいは、彼女の境遇に自分のそれを重ねているのかもしれない。

会社のためにずっと尽くしてきたのに、お前なんて必要ないと放り出された。

ずっと共に暮らしてきた婚約者に、捨てられた。

たった一人の人間と、神様のことだ。同一視するなんておこがましいのは分かっている。それでも、れんげは鴨玉依比売神の無念に自分を重ね合わせていた。

首の痣を消したいという気持ちより、鴨玉依比売神の願いを叶えたいという想いに突き動かされていた。

マンションを建てたいというディベロッパーや、それを依頼してきた芦原のためでは決してない。

申し訳ないが、村田に恩義を感じての行動でもない。

そんな損得勘定は抜きで、子に会いたいという切実な願いを叶えたかったのだ。

ただ母子を会わせたかった。

「賀茂別雷大神様！　どうか、どうか、あなたに会いたいと願う鴨玉依比売神様に会ってはいただけませんか？　この首の痣は、あなたのお母様が残したものです。怒りに取り付かれたお母様を、救ってはいただけませんか？」

作法も何も分からないので、とにかくれんげは叫んだ。必死だった。

正座をして、頭を下げる。傍らにいた虎太郎も、慌ててれんげに倣《なら》った。クロは精一杯行儀よく、お座りをして頭を下げた。

『ただびとが、神聖な社で何を言う！』

『疾《と》く去《い》ね！』

狛犬が怒り、重い体を引きずるようにこちらに歩いてくる。

それでもれんげは、頭を上げなかった。

その時だ。

予想もしていなかったようなことが起きた。

れんげの首の痣が、皮膚の上で身もだえるように動き出したのだ。

「うっ」

息苦しさを感じ、れんげは思わず首を押さえた。

『なんだこの力は……っ』

狛犬が、驚いたように動きを止める。

周りの光景が青みがかって見えた。

まるでひどい乗り物酔いになったようだ。頭がぐらぐらとして、体を支えていられない。

耳元で轟音が鳴り響き、息苦しさで意識が遠ざかる。

れんげはそのまま、意識を失ってしまった。

なのでここからは、後から虎太郎に聞いた話だ。

⛩ ⛩ ⛩

せっかくついてきたのになんの役にも立てていないと思いながら、虎太郎がれんげに倣って必死に頭を下げていると。

雷鳴が聞こえ、その直後にれんげが意識を失ってしまった。

「れんげさん！」

虎太郎は慌てて床に突っ伏してしまったれんげに擦り寄った。

そして気づく。首に残る鱗型の痣が、まるで生きているかのように蠢いている。

『れんげ様ー！』

クロは慌てふためき、興奮したようにしっぽを小刻みに振っている。そのたびに、しっぽの先の金色の玉が揺らめいた。

やがてしっぽといわずその口からも、炎が溢れ出す。

木造の本殿で火を出せばどういうことになるか。虎太郎は血の気が引いた。

「お、落ち着けクロ！　火事になったられんげさんも助からへんっ」

虎太郎の必死の訴えが届いたのか、クロはその身から発せられる炎を弱めた。

すると、抱えていたれんげの体に意思が宿ったのが分かった。

「れんげさんっ」

意識を取り戻したのかと安堵していると――驚いたことにれんげの体は重力の軛《くびき》を逃れ、空中に浮きあがった。

唖然として、虎太郎はれんげを見上げる。

開かれたれんげの目は、明らかに彼女のそれではなかった。

なぜならその目は、まるで深い泉のような青色をしていたからだ。

れんげの髪が、まるで水中にいるかのように空中をくねる。

『あこや、あこや』

れんげの口から、聞いたこともない女の声が零れ落ちる。老婆のようにも、若い女の声のようにも聞こえる不思議な声音。

確かにれんげの体であるのに、その意識はれんげのそれではないと断言できる。

ここにいるのは、まったくの別人だ。

いや、人ですらない。

空気の重さが増したようだ。がたがたと体が震える。恐怖というよりも、畏《おそ》れ多いという感覚だ。

狛犬も、恐れ慄いたようにその場に蹲《うずくま》っている。

クロはといえば、後ろ足にしっぽを挟みながら四本の足を踏ん張り、必死にれんげを見上げていた。

『姿を見せておくれ……』

威圧感と相反するような、切ない声音。

必死に我が子を求めていると伝わってくる。

母を知らない虎太郎だが、思わず胸がいっぱいになった。

すると本殿の奥から、かすかな声が聞こえてくる。

『母様……』

まるでこちらを伺うような声の主が、しずしずとこちらへ近づく気配がした。

そして姿を現したのは、ゆったりとした褌《はかま》を足結《あゆい》でまとめ、髪はみずらの精悍な青年だった。

その姿を見て、れんげは滂沱の涙を流した。

『なんと立派になって』

二柱は寄り添い合うと、分かたれた時を惜しむかのようだった。

主《あるじ》が母と認めたからには、狛犬も黙って見ているしかない。

そして黙って見ているしかないのは、虎太郎も同じである。

目の前の光景は神々しいほどであったが、同時に恋人であるれんげが他の男と抱き合っているというのは心休まらない情景であった。

どれほどそうしていただろうか。

やがて二柱はどちらともなく体を離すと、れんげは満足げなため息をつき、そして言った。

『人よ大儀であった。わらわはしばし恨みを忘れ眠るとしよう』

そう言い残すと、れんげの体は重力を思い出したかのように落ちてきた。不思議な出来事を見守っていた虎太郎は、慌ててれんげの体を抱きとめる。

『れんげ様！』

クロが涙目で駆け寄ってきた。

れんげは家で倒れていた時と同じように、健やかな寝息を立てている。

そしてその首からは、あれほど鮮明に浮かび上がっていた痣がきれいさっぱり消えていた。

ようやくれんげは、呪いの軛から逃れることができたのだ。

「れんげさん、よかった……」

だが、のんびり喜んでいる暇はなかった。

ひと際大きな雷鳴が轟き、地面が揺らぐ。

れんげを抱えている虎太郎は、その場で大きくよろめいた。

「いっ……」

『虎太郎殿、れんげ様はご無事か⁉』

クロに言われて、慌ててれんげの顔を覗き込む。

れんげは少し眉を寄せたものの、再び安らかな寝息を立て始めた。先ほどの轟音にも目を覚まさないのであれば、もうしばらくは起きないだろう。

どうやらその身に鴨玉依比売神《かものたまよりひめのかみ》を憑依させたことで、予想以上に体力を消耗してしまったようだ。

『一体あちらはどうなっているのか』

不安そうに、クロが一の鳥居の方角を見上げる。

何が起こっているのかここからでは窺い知れないが、あの天下の安倍晴明がてこずっているのだ。並々ならない事態であるのは安易に想像がつく。

虎太郎は迷った。

一般人でしかない自分が、陰陽師同士の対決に手を出していいことがあるとは思えない。それに今は、れんげを無事連れ帰ることの方が先決だ。

だが、鳥居を通らねば帰れないのもまた、事実だった。

そもそもが人の領域を離れた不思議な世界での出来事である。元の世界に戻るのにはどうしても、安倍晴明を頼らねばならない。

すると痣の消えたれんげを見下ろしていた青年の神が、厳《おごそ》かに口を開いた。

おそらく彼が、賀茂別雷大神なのだろう。

『面倒なことになっているな。母様に会わせてもらった礼だ。ちと手を貸そう』

そう言うと、青年は滑るように透廊を中門へ向けて進み出た。

虎太郎とクロはしばし迷うように顔を見合わせたが、やがて覚悟を決めるとれんげの体を背負い、そのあとに続いた。

⛩ ⛩ ⛩

賀茂別雷大神はまるで滑るように地面を進む。

れんげを背負った虎太郎は、必死でそのあとに続いた。後ろから、心配そうにクロがついてくる。

進むほどに、空気がわずかな電気を帯びていった。

ぴりぴりと指先が痺れ、れんげを落としてしまわないよう苦心する。緊張感が肌を指すようだ。

やがて先頭を進んでいた賀茂別雷大神が動きを止めた。

二の鳥居をくぐり、一直線の参道の先に、白い狩衣の男が睨み合っている。

その周囲はひどい有様だ。ぼこぼこといくつもの大穴が開いており、美しい芝生が掘り返されていた。

『貴様が卑怯にも父上を唆《そそのか》し、宿曜経《すくようきょう》をわがものとしたのだろう！』

叫んだ男の額には、二本の立派な角が張り出していた。顔は赤く染まり、もはやその姿は人とは思われない。

鬼だ――虎太郎は思った。

幼い頃絵本の中で見た鬼が、そこにはいた。

光栄の怒りは雷《いかづち》となって、晴明に降り注いだ。すると老齢の陰陽師は、何を思ったのか袂《たもと》から小刀を取り出した。

「危ない！」

虎太郎は思わず叫んだ。

金属を手にしていては、晴明が感電してしまうと思ったのだ。

事実、無数の光が晴明の手元に向かって伸びていく。

だが次の瞬間、虎太郎の予想は大きく裏切られた。

驚いたことに晴明は、その小刀で襲い来る雷を斬って見せたのだ。

「んなあほな……」

虎太郎が思わずつぶやいてしまったのも無理はない。自然の摂理に従うのであれば、そんなことは絶対に起きないはずだからだ。

だが一方で、虎太郎以外は何を驚いているのかという風情である。

『金剋木《きんこくもく》は自然の摂理であろう』

賀茂別雷大神が言う。だがそんなことを言われても、より訳が分からなくなる一方だった。

二人の陰陽師の戦いを見ていると、晴明は防戦に徹していて、一見押され気味に見える。

なのに焦っているのは、鬼のような若い方なのだ。

よく見れば、ずっと戦っていたはずなのに晴明は無傷である。

一方で、鬼と化した男は印を組むことすら覚束《おぼつか》ず、疲弊しているように見える。

虎太郎は己の危険すらも忘れて、二人の戦いに見入っていた。

するとすぐそばで、バチバチとひと際強い光が集まる。

それは賀茂別雷大神の手元だ。軽く掲げた掌に、まるで槍のように雷が集まっているのだ。

それは鬼の使う術の規模と比べれば、ほんのささやかな大きさだった。

だがその明るさと威圧感は、比べ物にならない。

まるで人間の世界に終末をもたらす槍が、作り出されているかのようだ。

虎太郎が唖然としてそのさまを見守っていると、賀茂別雷大神は何気ない素振りでその槍を陰陽師たちの間に投げた。

雷鳴が鳴り響き、すさまじい勢いで槍が地面に突き刺さる。

まさしく光の速さで、虎太郎はその様子を目で追うことすらできなかった。

一の鳥居の目の前に、ひときわ大きなクレーターが出来上がる。隕石でも落ちてきたのかと疑うような光景だ。

これにはさすがに驚いたのか、陰陽師たちは動きを止めた。

といっても驚いているのは若い男の方だけで、晴明の方はいつからかこちらの存在に気づいていたようだ。

賀茂別雷大神に軽く目礼すると、服の埃を払い、まるで何事もなかったように泰然《たいぜん》としている。

一方若い男の方はといえば、最初は雷の槍に驚き茫然自失していたものの、それが賀茂別雷大神の放ったものと知るとすぐさま顔色をなくした。

比喩ではなく、赤く染まっていた顔は人間のそれに戻り、隆起していた角もみるみる引っ込んでしまった。

一体何が起きているのかと、虎太郎は唖然とするばかりだ。

男はこちらに駆け寄ると、賀茂別雷大神を前に額《ぬか》ずく。

先ほどまでの威勢はどこへやら。その体は小刻みに震えていた。

『我が神域を、よくもまあ好き勝手荒らしてくれたものだな』

賀茂別雷大神の言葉に、男の体がびくりと大きく震えた。

無理もない。

何気ないようでいて、辺りを覆う威圧感は大変なものである。声は平坦な様子なのだが、青年神の目はひどく冷たい色を宿していた。

『何とか言ったらどうだ？　のう、光栄よ』

ちくちくと、緊張感が肌を刺すようだ。

それは比喩ではなく、実際帯電しているのかと思うくらい、周囲にばちばちと青白い光が瞬いているのだ。

『それは……』

光栄は口こそ開いたものの、言葉が見つからないのかそのまま沈黙してしまった。

辺りに重い沈黙が流れる。

『そちらは確か忠行の弟子であったか』

青年神の関心が晴明に向かう。

こちらもお叱りを受けるかと思ったのだが、そうはならなかった。

『お前もなかなかに難儀よな』

賀茂別雷大神はそう言うと、あっさりと話を終わらせてしまった。

『お前たちはもう現世に還れ。このようなところにいつまでもいるものではない』

そう言うと、何気ないしぐさで一の鳥居を指さした。するとそこから空間が裂けて、まるで茅《ち》の輪くぐりのような大きな穴ができた。雷でできた巨大な茅の輪。

穴の向こうは、自動車が行きかう普通の世界だ。

「あ、ありがとうございました！」

虎太郎が勢いよく頭を下げたので、背負っていたれんげの体が落ちかけた。

慌ててバランスを取り、鳥居へ向かう。

放電する穴の縁をえいやと飛び越えると、虎太郎の耳に日常の雑音が戻ってきた。

振り返っても、そこにもう青年神の姿はなかった。

『それでは儂も帰るとしよう。れんげによしなに伝えてくれ』

晴明が言う。

先ほどは何でもない素振りでいた老齢の陰陽師だが、神が去って気が抜けたのかその顔には何とも言えない疲労感が漂っていた。

そして言うが早いか、その姿は空気に溶けて消えてしまう。

虎太郎とクロは顔を見合わせ、ちょっと苦笑してその場を後にした。

こうして付き添いであったはずの虎太郎の大冒険は幕を閉じたのである。

⛩ ⛩ ⛩

さすがに眠った相手を電車で家まで連れて帰るのは難しいので、虎太郎はタクシーを使うことにした。

上賀茂神社から丹波橋《たんばばし》の自宅まではかなりの距離があり、タクシーを使うのは少しの勇気が必要だ。

だが、れんげを安全に家まで連れて帰るには必要な出費だと、覚悟を決めた。

意識のないれんげの体をなんとか後部座席に乗せ、自分もその隣に乗り込む。運転手には見えないだろうが、助手席にはちゃっかりクロが乗り込んでいた。

「出しますよ」

「お願いします」

運転手は少しいぶかしげな顔をしている。意識のないれんげをどうするつもりなのかと虎太郎を警戒しているようだ。

虎太郎は苦笑した。まさかついさっきまで神様と対峙《たいじ》していただなんて言えるはずがないし、彼氏であることを証明しようにもどうしていいか分からなかったからだ。

動き出したタクシーの中で、虎太郎は隣で眠るれんげを見つめた。

そして心底、ついてきてよかったと思った。

伏見稲荷神社で暴漢に襲われかけた時と状況はだいぶ違っていたが、それでもやはりれんげは無茶をしていた。

一見冷たそうに見えて、他人のために、あるいは神様のために、どこまでも無茶をしようとするれんげだ。

短い付き合いだが、虎太郎はれんげがそういう人だと分かっていた。

分かったからこそ、好きになったともいえる。

れんげはいつだってそうなのだ。最初はクロのことも迷惑そうにしていたけれど、クロが姿を消すと毎日朝早くから探しに出かけ、草臥れて帰ってきていた。

赤子姿だった義経《よしつね》を拾ってきた時もそうだ。結局その義経と弁慶を送り届けるため、れんげは平泉《ひらいずみ》まで行ったのだ。東京に帰るついでだと言っていたけれど、平泉があるのは東京から更に本州を北上した岩手県である。

ふらりと立ち寄るような場所では、決してない。

損な性分だよなと、虎太郎はれんげに対して思うことがある。

誰とも関わりたくなさそうにしているのに、面倒見がいいのか頼まれると結局最後まで付き合ってしまう。

そういう人なのだれんげは。

だからこそ、目を離したらどこまでも無茶をしてしまいそうで、心配なのだ。

これ以上迷惑をかけたくないからとれんげは嫌がるが、虎太郎はこれからもれんげが無茶しそうな時は絶対に一緒に行こうと決めた。

自分には何もできないかもしれないが、せめてもこうして疲れたれんげを連れ帰ることくらいはできる。

そんなことを考えている間に家に着いた。苦労してタクシーを降りると、れんげが心配なのだろう。クロがまとわりついてくる。

一人暮らしの時は寂しかった町家も、今では帰るのが楽しい我が家だ。

布団を敷いてれんげを寝かせたら、夕食の準備をしよう。そんなことを考えながら、虎太郎は器用に家の鍵を開けた。

虎太郎の甘味日記　～和のアフタヌーンティー編～

先日の礼にと、れんげが和菓子を奢《おご》ってくれるという。

男として奢ってもらうのはどうなのだろうと思いつつ、和菓子と聞けば食べたい欲を抑えきれず、虎太郎はその誘いを受けることにした。

ちなみにクロは家で留守番だ。きっと拗《す》ねているので、お土産を買って帰らなければ後がうるさそうだ。

れんげに言われるがままに電車に乗って、京都駅で嵯峨野《さがの》線に乗り換えた。

下りたのは、ＪＲの梅小路《うめこうじ》京都西駅。虎太郎には、あまり馴染みのない駅だ。それもそのはずで、駅自体が二〇一九年に開業したばかりの新しい駅だ。電車から降りるとすべての設備が真新しく、驚かされる。

（そや、ここって鉄道博物館の近くやん）

元は貨物用の駅があった梅小路に、平安遷都一二〇〇年を記念して作られたのが広大な敷地を誇る梅小路公園である。今では京都水族館と京都鉄道博物館を擁する一大アミューズメントスポットとなっている。

そのまま公園へ向かうのかと思いきや、れんげの足が向いたのは駅からすぐ近くの近代的なシティホテルだった。

白状しよう。

正直なところ、恋人にホテルに連れて行かれたら、悲しいかな期待してしまうのが男というものだ。

いや、以前だったら期待などせず、どんな和菓子が食べられるのかとそれにばかり夢中になっていただろう。

「虎太郎？」

挙動不審でいるのがばれたのか、れんげに名を呼ばれる。

「は、はい？」

ぎくしゃくと返事をすると、虎太郎は引き攣った笑みを浮かべた。

「老舗の和菓子屋さんの新業態なんだって。虎太郎ならもう知ってたかな？」

そうして連れて行かれたのは、一階エレベーター横の笹屋伊織《ささやいおり》別邸だった。

『笹屋伊織』は、もちろん知っている。一七一六年創業の老舗和菓子屋だ。かつては伊勢の城下町で御菓子司をしていたところに、御所の御用で京都まで呼び寄せられたという由来を持つ。

更に近年では伊勢丹に和菓子と洋菓子を融合させた『十代目伊兵衛菓舗』を出店するなど、虎太郎にとっては気になる存在である。

（そういえば、新しく開業するホテルにカフェがオープンするって何かで見たな）

天井が高く、店内は広々としていた。壁には古い木型が飾られ、虎太郎にはたまらない造りになっている。

抹茶を提供するためか、カウンター席には茶釜が置かれている。

ここまでくると、虎太郎のよこしまな気持ちなどすっかり吹き飛んでしまった。

老舗の新業態カフェなど、気になり過ぎる。夢中になって当たり前だ。

席についてメニューを開くと、意外にもフードメニューが豊富で驚く。

『季節の彩り膳』や『うちゅうの夜明けカルボナーラ』など、気になる品が多い。一番目を引いたのは『もちどらサンド』で、写真を見るにどうやらソーセージなどの具材をレタスと一緒にどら焼き生地で挟んだものらしいのだ。

どんな味なのか、とても気になる。

けれどスイーツのページを見れば、『三種のあんみつセット』や『上生菓子セット』など、こちらも食べてみたいものが山盛りだ。

そこで虎太郎ははっとした。今日はれんげの奢りなのだ。さすがにあれもこれもというわけにはいかない。

そもそもこういう場面ではどうすればいいのかと悩んでいると、自分と同じようにメニューを見ていたはずのれんげが噴き出していた。

「遠慮しないで、食べたいもの全部頼んで」

笑いながら言う。

一体どんな顔をしていたのだろうかと、恥ずかしくてずれてもいない眼鏡を思わず直した。

結局、『もちどらサンド』がコース内容に含まれるということで、二人は『和のアフタヌーンティー』を頼んだ。

ドリンクはれんげがホットコーヒーを。虎太郎は四種類ある紅茶のうち別邸オリジナルを選択した。アフタヌーンティーなのでドリンクはお替り自由らしい。

運ばれてきたスタンドは竹製で、一段目のセイボリーにはもちどらサンドが一人二個ずつ。小皿に乗せられた名物のおはぎ。付け合わせにパプリカのピクルス。

二段目にはグラスに入った桃のゼリー。抹茶のガトーショコラ。淡雪羹《あわゆきかん》。抹茶味のカップケーキ。

更に別のお盆にはだるま最中の生地があり、抹茶とバニラのアイスとあんこ。それにマスカルポーネがのっていて、自分で好きなものを好きなだけ挟み込めるようになっている。

ぶわっとアドレナリンが分泌されるのが分かった。

「すごいね」

普段あまり甘い物を食べないれんげは、その量の多さに驚いているようだ。

「あ……食べられなかったら俺全然食べれますから！」

なにせ今から、食べるのが楽しみで楽しみで仕方ないのだ。

「ありがとう」

虎太郎はまず何から食べるべきか、視線を彷徨わせた。

やはり味が想像できない『もちどらサンド』だろうか。それとも甘い物から行くべきか。おぼろげな知識でアフタヌーンティーは下から食べるものという知識はあるが、逆に言えばそれぐらいしか知らないのだ。

とにかく落ち着こうと、最初に紅茶を口に運んだ。

普段あまり紅茶は飲まないのだが、優しい香りが鼻から抜ける。

虎太郎は我慢しきれず、最初におはぎに手を伸ばした。このおはぎが変わっていて、俵の形をしていない。

虎太郎ははっとした。確か最近、話題になっているおはぎがあったはずだと。笹屋伊織でも一店舗のみでしか買うことができず、そのおはぎはケーキのようにあんこ、道明寺、あんこの順で層になっていてすくって食べるのだと、何かで読んだのだ。

おそらくこれがそうなのだろう。期せずして気になっていた和菓子と出会えた幸福に、虎太郎は感謝した。

俵の形になっていないので、ケーキスタンドからそっとおはぎののった小皿をとって、スプーンでいただく。

あんこで挟んでいるとくどくなりそうなものなのに、全然くどくない。道明寺《どうみょうじ》は少しだけ塩味がついていて、それがより一層あんこの甘みを引き出している。

事実、虎太郎はぺろりと自分の分を平らげてしまった。

もっと食べたいと思うものの、気を取り直して他のお皿に目を向ける。

最中のトッピングにアイスがあるので、溶ける前に食べてしまうべきだろう。そう考えた虎太郎は、次にお盆に乗った匙《さじ》を手に取った。

だるまの形をした最中の皮に、何を挟むか考えているだけで楽しい。

「うわぁ、なに挟もかな。このマスカルポーネクリームって甘いんですかね？　うーん」

虎太郎が唸《うな》っていると。

またもやくすくすと、れんげが笑い出した。

「気に入ってくれたみたいでよかった」

そう言いながら、れんげは『もちどらサンド』に手を伸ばす。

「んん、甘じょっぱくてこれもおいしい」

どうやら好みに合ったようだ。

「そういえば、就職活動は順調？」

夢中になっているところに水を向けられ、虎太郎の心は少しだけしぼんだ。

淡雪羹に伸ばそうとしていた手が思わず止まる。

「それが――」

虎太郎は、先日の面接での出来事を話した。目標としていた和菓子のバイヤーが面接官であり、現実を突きつけられ気落ちしていたということを。

自分の情けないところを正直に話すのは抵抗があったのだが、家ではない場所だと自然と話すことができた。

「そうなんだ」

れんげの反応は、あっさりとしたものだった。

「どう思います？」

思わずそう尋ねてしまったのは、すでに社会人として働いた経験のあるれんげの意見を詳しく聞きたかったからかもしれない。

すると、れんげは不思議そうに首を傾げた。

「どうって？」

「いや、ですから、和菓子のバイヤーになれるか分からへんのに入社するのって、どうなんでしょうか？」

　自分はもしかしてとてつもない遠回りをしようとしているのではないのか。そんな考えが虎太郎の頭に浮かぶ。

　れんげは少し考えた後、言った。

「うーんと、それってどんな職業でもそうじゃない」

「え？」

「どんな職業でも、やりたいことなんてすぐにはできないわよ。和菓子のバイヤーに限らず、下積みがあるのはどんな職業だとしても同じじゃない？」

　確かに、そう言われてみればそうかもしれない。

「私は営業の仕事をしたかったっていうより、会社の条件が希望に合ったから選んだのね。だから厳密には虎太郎の気持ちを分かってあげられないんだけど……」

　れんげは手にしていたコーヒーのカップを置いて言った。

「例えば希望の会社に入ったとしても、望んだ仕事はできないことの方が多いわよ。できたとしても収入が少なかったり、外的な要因で辞めなくちゃいけないこともある。でも虎太郎の場合は、その会社に入って働いてる限り可能性はあるわけでしょ？　ならそこに向かって努力するだけだと思うんだけど」

実際に、れんげは努力したのだろう。

そう思うと、虎太郎は面接のことでくよくよしていた自分が恥ずかしくなった。

「ですね。頑張ることに変わりはないですもんね」

なんだかすとんと、腑に落ちた。

たとえ回り道になっても、道が続いているのなら努力すればいいだけだ。例えば接客なんて大の苦手だった自分が、思い切って和菓子屋でバイトを始めた時のように。

すると心が軽くなり、和菓子もより一層おいしく感じられた。

こうして二人は、とても幸福な休日を過ごした。

家で食卓を囲むのもいいが、こうしてたまには外で食べるのもいい。なにせ今は、クロのいない正真正銘の二人きりである。

なお、さすがに留守番のクロに悪いなと思ったので、お土産にはくだんのおはぎを買って帰った。

家で食べるおはぎもやはりとてもおいしかったと、ここに記しておく。

エピローグ

痣がすっかり消えたのでアポを取って再び粟田口不動産に赴《おもむ》くと、村田が今や遅しという勢いでれんげを待ち構えていた。

彼女はすっかり元に戻ったれんげの首を見て、涙を流さんばかりに喜んだ。

「れんげさん。よかったです〜」

しっかりしているように見えてやはり年相応なところがあるのだと、その顔を見たらなんだかれんげも気が抜けた。

それから経緯《けいい》を説明すると、村田は前のめりになって話に聞き入っていた。

村田は晴明と光栄が対峙し賀茂別雷大神に一喝されたというくだりで――れんげは記憶にないが――大層興奮し、鼻血が出そうだと騒いでいた。

正直こんな話をしてもどうせ信じてもらえないだろうと思っていたので、村田の反応は予想の斜め上をいっていた。

「疑わないの？」

思わず、そんな疑問が口をつく。れんげだって自分が当事者でなければ、こんな荒唐無稽《こうとうむけい》な話は絶対に信じなかったはずだからだ。

「え、嘘なんですか？」

途端に、村田は悲しげに顔をゆがめた。

まるで偽りであるなど、考えもしなかったという表情だ。

ここまで信用してくれるというのは、ある意味得難い上司かもしれない。れんげはそんなことを考えながら苦笑した。

以前いたのが生き馬の目を抜くような競争社会だったので、村田ののほほんとした様子に不覚にも癒されてしまったのだ。

普段はしっかりして見える村田も、歴史や神様関係に関しては無条件で夢中になってしまうものらしい。

「嘘じゃないわ」

そう言っただけで、目を輝かせている。

「賀茂光栄が安倍晴明と口論になったという記録は『続古事談』にも残されています。光栄の父である保憲は陰陽道のうち暦を光栄に、天文を晴明に継がせました。そして陰陽道の世界で一強だった賀茂家は次第に没落し、安倍晴明の子孫である土御門家が台頭することになったんです」

何も見ないでもすらすらと説明が出てくるのだから、村田の歴史好きも余程のことだ。それに、彼女の言葉は光栄の態度や言葉とも符合する。

「その保憲って人は、どうしてそんなことをしたのかしらね」

今風に考えるなら、二代目社長が一つの会社を事業ごとに二つに分けて、片方を息子に、もう片方を先代から仕えている古参の社員に継がせるようなものだ。

どちらの事業がいい物かどうかはさておいて、そんなもの自分が死んだ後にもめるのは明白だろう。働く社員だって困ってしまうに違いない。

順当に考えれば、自分の息子に跡を継がせてその補佐を古参の社員に任せるのが一般的なように思えるのだが。

れんげがそう言うと、村田は難しい顔で言った。

「ですが、豊臣秀吉が息子にすべてを託そうとして徳川家康に取って代わられた例もあります。あらかじめそれぞれの領分を決めておけば、すべてを奪われることはないと思ったのかもしれません」

言われてみれば、村田の言い分も尤もだ。残念ながら、例えの方にはまったくぴんとこなかったが。

とにもかくにも村田の依頼であった怪しい祠の依頼は終わったのだ。

息子と再会して気が済んだのだろう。れんげに取り憑いていた鴨玉依比売神《かものたまよりひめのかみ》は痣と共に姿を消した。

例の祠についても、問題は解決するはずだ。

なので芦原との話し合いは村田に任せることにして、れんげはあの日礼を言うことができなかった安倍晴明の元を訪ねることにした。

⛩ ⛩ ⛩

今日の手土産は前回と同じ向井酒造の酒だが、一風趣向が違い古代米で醸《かも》した赤い日本酒である。

正直に言おう。れんげには下心があった。

――この酒を自分も飲みたいのだ。

『突然来て供え物を自分も相伴しようとは』

さも呆れたとばかりに、晴明がため息をついた。

場所は前回と同じ晴明の屋敷の中である。伝統的な寝殿造りで、外は昼だか夜だか分からない。

やけに静かで、晴明の身の回りの世話は万事式神が行っている。

『おぬしもどんどん図太くなるな』

そう言いつつ、晴明はれんげの分も盃を用意し、手ずから酒を注いでくれた。

白いお猪口に、ロゼワインのような赤い酒が美しい。

『我にもぜひ！』

持ち前の図々しさで、クロが酒宴に加わった。しっぽが激しく振れている。

白い盃に赤い酒。

『まるで紅《くれなゐ》の薄様《うすやう》よな』

平安時代の人らしく襲《かさね》の色目《いろめ》に例えられても、れんげにはなんのことやらさっぱり分からない。

分かるのは、この酒が甘酸っぱくて本当にワインのような酒だということぐらいだ。

けれど口当たりは確かに日本酒で、他の飲み方がしたくてうずうずしてくる。

それからしばらく、二人と一匹は静かにその酒を味わった。

話をしなくても間が持つのが、お酒の利点でもある。

どれくらいそうしていただろう。この世界は現実世界よりもなおさら、時の流れが曖昧になる。

『おぬしは、どう思った？』

程よく酔ってきた頃、晴明がぼそりと呟いた。

「どう——というと？」

『光栄のことだ』

一瞬、晴明が何を言おうとしているのか分からなかった。

少し考えて、光栄との諍いについてどう思ったのか感想を求められているのだと悟り、考える。

ふわりと浮かんできたのは、村田と交わした会話だ。れんげは三代目社長の光栄を思い浮かべた。

「別に、賀茂家が勝手に没落したのだとしたらあなたには関係のないことですし、あなたが極悪非道な手を使ってその立場をもぎ取ったのだとしても、もうどうしようもないではありませんか？」

基本的に、れんげは騙される方が悪いと考えるタイプの人間である。

だからこそ騙された自分の間抜けさが悔しくて情けなくて、すべてを置いて京都に来たくらいだ。

村田の例えを借りるなら、豊臣秀吉の死後に反旗を翻した徳川家康は確かに悪かもしれないが、その徳川家によって日本は三百年の平和を得たわけである。

悪も善も、結局一概には言えない。誰の視点から見るかによって、答えは無数に生まれてしまう。

　れんげの首に痣を残した鴨玉依比売神も、一方で人間の身勝手のせいで捨て置かれた悲しい亡霊だった。

　祠を建て替えろとか、もっと懇ろに祀れというのではなく、ただただ我が子に会いたいと願った彼女を、れんげはどうしても憎めなかった。

「あなたらしくない。気にしているんですか？」

　れんげのイメージでは、安倍晴明はひょうひょうとして何を考えているか読めない老人である。

　それが大変珍しいことに、感傷的になっているらしいのだ。

『儂は、幼少のみぎりより賀茂家に仕えてきた』

　唐突に何を言うのかと思ったが、れんげは黙って耳を傾けていた。

　盃を傾けながら、晴明は遠い目をして言う。

『儂を見出したのは、光栄様の祖父にあたる忠行様だ。忠行様は帝の信頼も厚く、大変有能な方であらせられた』

　当時を思い出すように、晴明は盃の中身を呷った。

『だが同時に、陰陽道に関しては大変厳しい方だった。星を読み違えれば罵《ののし》られ、暦を間違えれば叩かれた』

当時としては、それが当たり前だったのかもしれない。

奉公などの概念が生まれる更に前の時代である。殺人すらまともに調査されないのだ。子供の虐待など、その概念すらない頃のこと。

『あるとき……賀茂の邸を抜け出した儂は、信太《しのだ》の森へと急いだ。儂は本当は——陰陽師になどなりとうなかったのだ。母上と共に暮らしたかった』

信太とは、今でいう大阪府和泉《いずみ》市の辺りだ。賀茂から信太まで、子供が一人でたどり着けるような距離では決してない。

『すぐに忠行様に捕まって、ひどい仕置きを受けた。昼夜なく痛めつけられ、恩知らずと誹られた。儂はな、どんな怨霊よりもあの方が恐ろしい』

想像を絶する話だった。

フィクションの世界で華々しく活躍する安倍晴明の話とは、とても思えなかった。

「それで、どうしたんですか……？」

しわくちゃの陰陽師の小さな背中が、まるでいじけて背中を丸めた子供のように見えた。

『忠行様は言った。悔しければ技でやり返してみろと。己の力で成り上がって見せろと。だからそうしたのだ。儂は全力で、賀茂家からすべてを奪うことにした』

ぞくりと、背中が震えた。

穏やかに昔を懐かしむような口調で、どうしてそんな話をするのか。れんげはなぜかもうこれ以上聞きたくないと思ったが、正直にそう言うことはできなかった。

きっと誰かに聞いてほしくなったのだろう。

晴明はいつにもまして饒舌だった。

『だが、儂が元服を迎えると、儂のその野心を恐れたのだろう。忠行様はこの体に呪《しゅ》を刻んだのだ』

ぞくりと、背中が粟立った。

『死ぬまで賀茂家に仕えるようにと刻んだ呪だ。こうしておけば、もはや歯向かわぬと思ったのだろう』

「ひどい……」

それ以外、何が言えただろうか。

今のような、給料も福利厚生の概念などない。ただ死ぬまで、仕えろと。家に晴明を縛り付けたのである。

『儂は必死で陰陽道を学び、どうにかその呪を解いた。と言っても、その頃には四十賀《しじゅうのが》を過ぎていたが』

平均寿命が三十歳ほどの時代の話である。彼はとっくにその年齢を超えていた。その役職は、いまだ天文学士を補佐する学生にすぎなかった。彼は忠行の死後、その息子である保憲の弟子となり、賀茂家を支え続けた。

『光栄様は優秀なお子じゃった。幼い頃から儂によう懐いてくれていた。だが儂は愚かにも、復讐をあきらめることができなんだ』

れんげは、最初に出会った時の光栄の態度を思い出していた。

彼はれんげを女狐と呼ぶほどに晴明を憎んでいたが、一方で晴明の現在の様子を気にするような素振りも見せていた。

きっと忠行との間に確執がなければ、晴明と光栄はここまでいがみ合わずとも済んだだろう。

やがて、酒に酔った晴明はうつらうつらと船をこぎ始めた。

女房姿の式神がやってきて、晴明の肩に宿直物《とのいもの》を掛けた。

また別の女房が、れんげを外に案内しようとやってくる。

人ではない者たちに世話をされる晴明を見つつ、れんげはクロを連れ晴明神社を後にした。

一体誰が、悪いのだろうか。

非道をした忠行を悪だと言うのは簡単だ。

晴明に裏切られた光栄の言い分も、間違ってはいない。

そして、忠行の所業を光栄に伝えるのは簡単だ。けれど晴明はそれをしなかった。

言い訳も反撃もせずただ粛々と、光栄の術を避け続けていたのだ。

賀茂家を嫌っているだけなら、いくられんげが頼んだところで上賀茂神社まで共に出向いてくることもなかっただろう。晴明と光栄の関係は複雑に絡み合っていて、千年の時を経た今もなお解けることがない。

何とも後味の悪い思いを抱えながら、れんげは帰り道を急いだ。

人の身に、できることなど少ない。そうと分かっていても、晴明の胸の内を思うと、なんだか無性に悲しかったのだ。

◎主な参考文献
『京を支配する山法師たち　中世延暦寺の富と力』下坂守／吉川弘文館
『仏像破壊の日本史　神仏分離と廃仏毀釈の闇』古川順弘／宝島社
『秘説　陰陽道』藤巻一保／戎光祥出版

◎協力
京都弁監修：カンバヤシ
取材協力：畑主税

※本書は書き下ろしです。

この物語はフィクションです。作中に同一の名称があった場合でも、
実在する人物、団体等とは一切関係ありません。

宝島社
文庫

京都伏見のあやかし甘味帖
日吉の神、賀茂の陰陽師
(きょうとふしみのあやかしかんみちょう　ひよしのかみ、かものおんみょうじ)

2021年9月21日　第1刷発行

著　者　柏てん
発行人　蓮見清一
発行所　株式会社 宝島社
〒102-8388　東京都千代田区一番町25番地
電話：営業 03(3234)4621／編集 03(3239)0599
https://tkj.jp

印刷・製本　株式会社 廣済堂

ISBN 978-4-299-02068-0